Constance de Salm

24 Stunden im Leben einer empfindsamen Frau

PIPER

Zu diesem Buch

»Mein Lieb, mein Engel, mein Leben, nichts als Aufruhr ist meine Seele, nichts als Verwirrung!« Madame de *** weiß nicht, wie ihr geschieht. Ihr heimlicher Geliebter hat nach dem Konzert einer anderen Dame etwas ins Ohr geflüstert und ist anschließend in ihrer Kutsche in die Nacht davongefahren, ohne seine Freundin auch nur eines Blickes zu würdigen. Madame de *** befürchtet das Schlimmste und schreibt ihm zu Hause sogleich das erste Billett, dem tags darauf weitere glühende Briefe folgen. Im Fieber der Eifersucht beschwört sie ihre einzigartigen Gefühle für ihn und fleht ihn an, sich nicht an ihrer Liebe zu versündigen. Doch der junge Fürst antwortet nicht. Stattdessen beginnt ein hartnäckiger Verehrer sie zu bedrängen ... Constance de Salms seinerzeit sehr erfolgreicher Briefroman wurde kürzlich in Frankreich durch eine aufsehenerregende Neuausgabe wiederentdeckt.

Constance de Salm (1767–1845) genoss eine für Frauen ihrer Zeit exzellente Ausbildung. Nach geschiedener erster Ehe heiratete sie den deutschen Grafen Salm-Reifferscheidt-Dyck und lebte mit ihm in seinem Schloss am Rhein und in Paris. Dort leitete sie einen literarischen Salon, in dem unter anderen Alexander von Humboldt, Stendhal und Alexandre Dumas verkehrten. Ihre größten literarischen Erfolge waren ihr einziger Roman »24 Stunden im Leben einer empfindsamen Frau« und die Tragödie »Sappho«. Constance de Salm engagierte sich für die Emanzipation der Frau und wurde zum ersten weiblichen Mitglied in bedeutenden Pariser Akademien.

Constance de Salm

24 Stunden im Leben einer empfindsamen Frau

Roman

Nachwort von
Karl-Heinz Ott

Aus dem Französischen von
Claudia Steinitz

Piper München Zürich

Mehr über unsere Autoren und Bücher:
www.piper.de

Mix
Produktgruppe aus vorbildlich bewirtschafteten
Wäldern und anderen kontrollierten Herkünften
www.fsc.org Zert.-Nr. GFA-COC-001223
© 1996 Forest Stewardship Council
FSC

Ungekürzte Taschenbuchausgabe
Piper Verlag GmbH, München
Februar 2010

Titel der französischen Originalausgabe:
»Vingt-quatre heures d'une femme sensible«, Éditions Phébus, Paris 2007
Umschlagkonzeption: semper smile, München
Umschlaggestaltung: Katja Maasböl
Umschlagabbildung: Diego Rodriguez de Silva y Velasquez
(National Gallery London / Bridgeman / gettyimages)
Autorenfoto: The Art Institute of Chicago (»Portrait of Constance Pipelet« von Jean-Baptiste François Desoria, 1797)
Satz: atelier eilenberger, Leipzig
Papier: Munken Print von Arctic Paper Munkedals AB, Schweden
Druck und Bindung: CPI – Clausen & Bosse, Leck
Printed in Germany ISBN 978-3-492-25346-8

An die Prinzessin von ***

Ihnen, liebste Freundin, widme ich diesen kleinen Roman. Sein Gegenstand, seine Form, die Beobachtung, auf der er ruht, all das unterscheidet ihn von meinem sonstigen Werk; deshalb, so scheint es mir, bedürfen Sie, aber auch die Leser und ich selbst einiger Erläuterung.

Ich begann den Roman vor mehr als zwanzig Jahren. Damals wie heute maß und messe ich ihm nur geringe Bedeutung bei. Ich erlegte mir dic Verpflichtung auf, kein Wort darin zu schreiben, das nicht vom Gefühl oder von der Leidenschaft diktiert wäre. Indem ich eine lebhaft empfindsame Frau im kurzen Zeitraum von vierundzwanzig Stunden alles erleben ließ, was die Liebe an Trunkenheit, Verwirrung und vor allem an Eifersucht einzuflößen vermag, hatte ich nichts anderes im Sinn, als auch einmal einen *Roman* über eine Idee zu schaffen, die mir gefiel, und damit auf gewisse Vorwürfe zu antworten, die man mir ob des ernsten und philosophischen Tons vieler meiner Werke machte. Waren schon jene Texte, mit denen ich in der Literatur debütierte, hinreichend Antwort, so sind wir es doch gewohnt, schreibende Frauen immer aufs Neue das Geheimnis ihrer zarten Empfindungen offenbaren zu sehen. Deshalb scheint ein Weib, das sein Fühlen im Herzen zu verschließen weiß, in gewisser Weise nicht genug davon zu besitzen oder jener *Empfindsamkeit* zumindest nicht genug Wert beizumessen, die zweifellos zu den schönsten Eigenheiten unseres Geschlechts gehört, die aber eine jede nach ihrem Wesen und ihrem Talent wahrnimmt und äußert.

Ich wollte also mit diesen Briefen einen erneuten Tribut an die Üblichkeit leisten und beweisen, dass die Neigung zu ernstem Werk Empfindsamkeit keineswegs ausschließt. Ich hatte sogar den Plan (auf den ich später verzichtete), einen Disput anzufügen, in dem ich behauptete, denn dies ist meine Meinung, dass *wahre* Empfindsamkeit eine allzu schöne und allzu starke Regung ist, um nur auf die Affekte der Seele zu wirken; dass sie überdies auch den Geist erhellt und weitet; dass sie nicht weniger ein Herd erhabener und philosophischer Ideen als sanfter und zärtlicher Gedanken ist, dass sie für jene gar eine notwendige Bedingung darstellt. Schließlich hatte ich mich lange genug und immer aufs Neue mit diesem Roman befasst, der auch ein Gemälde sein sollte oder vielmehr eine *Studie über das Herz einer Frau*. Die Schwierigkeit, das Interesse durch die bloße Analyse der Gefühle wachzuhalten, schien mir jedoch für ein solches Werk zu viel Arbeit zu verlangen. Ich hatte es aufgegeben, und gewiss wäre es liegen geblieben, hätte nicht das übermächtige Bedürfnis nach starker Ablenkung in den soeben vergangenen Kriegsjahren (1814 und 1815), auf dem Lande und fern meiner Heimat, es mir plötzlich wieder ins Gedächtnis gerufen.

Nun also vollendete ich den Roman, und ich vermag gar nicht zu sagen, welch Trost er mir in diesen Zeiten der Unruhe und der Einsamkeit war. Während ich diese schlichten Ereignisse erdachte, während ich diese Briefe schrieb, für die mir kein Wort hinreichend leidenschaftlich, kein Satz hinreichend harmonisch erschien, während ich trachtete, die Eifersucht nicht in ihrem Zorn darzustellen, sondern in dem Schmerz, mit dem sie eine empfindsam glühende Seele erfüllt, vergaß ich gewissermaßen, was vor meinen Augen geschah; die Wirren der Welt schienen sich für mich im fiktiven Unglück meiner Heldin zu verlieren, und diese Wohltat, die ich der Arbeit verdankte, ist nicht die geringste unter jenen, mit denen sie mich beschenkte. Ich muss es eingestehen: In all dem, was mit jenen lebhaften Empfindungen zusammenhängt, gibt es etwas, das so tief berührt, das so ganz mit der Vorstellung verschmilzt, die man sich vom wahrhaften Glück macht, das sich so selbstverständlich über die Dinge und die Menschen erhebt, dass der Autor, der diese Illusion mit dem Charme seiner Arbeit verbinden kann, gewiss (zumindest für ein paar Augenblicke) den süßesten Trost erfährt, den zu genießen uns auf Erden gegeben ist.

Allerdings unterscheidet sich dieser Roman so sehr von meinen anderen Werken, dass ich, wenngleich ich ihn, einmal vollendet, zu veröffentlichen gedachte, noch lange zögerte: Womöglich hätte ich mich gar nicht dazu überwunden, hätte ich darin nicht ein wahrhaft moralisches Ziel gesehen, dem der enge Rahmen, in den ich es zwängte, noch stärkere Wirkung zu verleihen scheint. Die Eifersucht ist eine bei den Frauen so weit verbreitete Krankheit, sie beeinflusst ihr Glück so sehr, kompromittiert sie so oft und auf so vielfältige Weise, dass eine Entwicklung, die ihnen mit jedem Wort zeigt, wie sehr ihre Passion sie in die Irre zu leiten vermag, auch eine nützliche und *große Lektion* sein müsste. Ich dachte sogar kurz daran, diese Lektion noch stärker zu machen, indem ich aus den Torheiten meiner Heldin ein weit schlimmeres Unglück erwachsen ließe als das, mit dem sich ihre lebhafte Einbildungsgabe quält; dann aber fürchtete ich, dadurch das einfache und idealistische Wesen dieses Werkes zu beschädigen; es schien mir, als müsse alles darin gleichsam in der Seele vor sich gehen und als würde eine allzu strenge oder vielmehr allzu positive Moral nicht zu der Art Gefühl passen, die ich darstellen wollte.

Und schließlich scheint mir auch der kurze Zeitraum, in den ich mein Thema eingeschlossen habe, einige Erklärung zu verlangen. Womöglich meint man im ersten Moment darin eine Unmöglichkeit zu sehen. So unbedeutend diese Vermutung tatsächlich sein mag, ich habe sie selbst angestellt und wollte darauf antworten können. Ich habe mir bewusst gemacht, wie viel Zeit nötig ist, um diese Briefe rasch zu schreiben; ich habe mit Sorgfalt die Zeit berechnet, die zwischen ihnen liegen muss, und ich kann versichern, dass es, wenn auch nicht gewöhnlich, so doch zumindest möglich ist, so viele in vierundzwanzig Stunden zu schreiben. Ich denke, für einen Roman ist das hinreichend.

Dies ist, liebste Freundin, die ganze Geschichte dieses kleinen Werkes. Nun bleibt mir nur, Ihnen darzulegen, was mich bewegt, es Ihnen zu widmen. Das ist schnell erklärt: Niemand wird es mehr zu schätzen wissen als Sie; Ihr aufgeklärter Geist wird darüber urteilen, was ihm an Verdiensten zukommen mag; Ihre Vernunft, was er an Wahrheit bieten kann, und auch Ihre Seele wird nicht kalt bleiben für die Schilderung dieser schlichten Schmerzen. Lange schon kenne ich

Ihre Kraft und Ihre Empfindsamkeit, besser sogar als Sie selbst; ich nahm sie durch jenen Schleier weiser Zurückhaltung wahr, mit dem die Natur Ihre schönen und edlen Tugenden bedeckt; tausendmal habe ich in Ihnen jene ungewollte Regung gespürt, mit der wir der Welt Gefühle verbergen, die sie anders als wir empfinden könnte, und ich spüre, dass keine dieser lebhaften und zärtlichen Empfindungen, die ich im Herzen meiner Heldin gären lasse, in dem Ihrigen nicht ein Gefühl finden wird, das sie versteht, oder die Nachsicht, die sie entschuldigt.

Eben diese Überzeugung hat mich auf den Gedanken gebracht, Ihnen diese Briefe darzubieten. In nichts gleicht diese Widmung all jenen, die der Üblichkeit geschuldet sind, sie ist einzig die schlichte Kundgebung der Wahrheit und der Freundschaft; aber diese Widmung des Herzens und die Gerechtigkeit, die ich Ihnen damit widerfahren lassen darf, werden in Ihren Augen deshalb umso wertvoller sein.

1. Brief

Mittwoch, ein Uhr in der Früh

Mein Lieb, mein Engel, mein Leben, nichts als Aufruhr ist meine Seele, nichts als Verwirrung! Eine lange Stunde schon warte, hoffe ich. Weiß ich mich nicht damit abzufinden, dass du nicht gekommen bist, mir nach diesem verhängnisvollen Abend nicht wenigstens ein paar Zeilen geschrieben hast. Ein Uhr … womöglich bist du noch bei diesem Weibe … Was für eine Nacht erwartet mich? Kein Gedanke, der nicht voller Schmerz wäre. Der Himmel ist mein Zeuge, noch der geringste Zweifel an deiner Liebe erschiene mir wie ein entsetzliches Sakrileg; doch diese langen Stunden der Verzweiflung, sind sie nichts?

2. Brief

Guten Morgen, mein Freund; da bin ich, und meine Nacht war Grauen. Dein Bild und das ihre standen allzeit vor meinen Augen. Ich sah dich, hörte dich; sprach mit dir, geliebter, grausamer Freund; und wohl zwanzigmal erwachte ich mit schweißbedeckter Stirn und in schrecklicher Beklommenheit, ich wollte, ich könnte sie für dich malen. Soll ich es versuchen? Ich weiß nicht: Wir Frauen haben doch in unserer Seele unendlich viele Empfindungen, die auch der zärtlichste Geliebte kaum verstehen kann: für ihn gleichen sie einem Delirium; aber wäre selbst dieses Delirium der eigentliche Fehler der Liebe, ist es doch gleichwohl etwas Heiliges. Sag doch, sag, war ich nicht zu beklagen gestern, fern von dir bei diesem traurigen Konzert? Sogar die Blicke musste ich bezwingen; und überdies dein seltsames Verhalten, das den Schmerz noch verstärkte, den du so gut kennst? Ich will gar nicht wissen, was dir Baron de G*** zu sagen hatte, obschon du wie außer dir warst, als du es hörtest; was aber, sag doch, was steckte hinter deiner Eile, die schöne und kokette Madame de B*** zu begrüßen, kaum dass sie eingetreten, ihr geradezu den Hof zu machen, mit so geheimnisvoller Miene zu ihr zu sprechen, da du sie doch kaum kennst? Sag, wie konnte, nach drei so qualvoll verstrichenen Stunden, dein Mund jenes ach so gleichgültige Adieu aussprechen, das du mir im Vorbeigehen flüchtig schenktest? Wie es mich schmerzte, o mein Gott! Hast du denn nie gespürt, wie das letzte Wort, das man sich beim Fortgehen sagt, in der Seele einen Abdruck hinterlässt, der bis zum Wiedersehen anhält? Wie aber bist du fortgegangen? An der Seite dieses Weibes, das du nach Hause begleitet hast, weil ihre Kutsche nicht gekommen war. Welch erbärmliches Motiv, mein Herz so grausam zu zerreißen ... Sonderbar sind die Männer; einem Weibe, das ihnen fremd, können sie nichts versagen, jene aber, die am meisten ihre Zuwendung verdiente, ist wohl immer diejenige, die am wenigsten davon empfängt. Meine Ergriffenheit, mein flehender Blick, nichts vermochte dich aufzuhalten, nichts. Du bist gegangen; ich stand da, reglos, folgte dir mit den Augen, während du ihr die Hand reichtest. Ich sah sie in die Kutsche steigen. Dann dich, neben ihr! Der dumpfe Schlag, als der Wagenschlag zufiel, warf mich fast um; das Rattern der Räder, als die Kutsche anfuhr, entriss mir ein langes Stöhnen; mir war, als nähme sie mein Leben mit sich, zermalmte mein Herz. Meine Kräfte schwanden, je leiser das Rattern wurde; und als sich der letzte Hall im Äther verlor, glaubte ich zu vergehen, und sterbend sank ich in einen Sessel. Der junge Comte Alfred, zweifellos von Mitleid ergriffen, trat heran und bot mir seinen Arm, den ich willenlos nahm. Er sagte etwas und führte mich zu meinem Wagen, in den er nach mir einstieg, ohne dass ich nur auf den Gedanken gekommen wäre, ihm dies zu verwehren. Er redete während der gesamten Wegstrecke; seine Stimme war mir wie eine Folge süßer, wirrer Töne, ich verstand kein Wort. Dennoch glaube ich, dass er von Liebe gesprochen hat; als er aus der Kutsche stieg, drückte er meine Hand; er schien zu zittern, und Worte von Zärtlichkeit und Leidenschaft drangen an mein Ohr … Dem also setzest du mich aus.

Ich weiß nicht, was ich fühlte, als ich mich zu Hause wiederfand. Ich war jenseits von allem, was mich umgab. Mein alter Charles, der treue Diener, vor dem ich wenigstens deinen Namen aussprechen darf, war entsetzt von der Verwirrung meiner Sinne. Ich schmiedete tausend Pläne: Stets meinte ich dich zu hören. Nachdem ich jede Hoffnung aufgegeben, konnte ich keinen klaren Gedanken mehr fassen und ging zu Bett; die lange Nacht, die uns noch voneinander trennte, war für mich eine Ewigkeit des Schmerzes. Der erste Strahl des Tageslichts jedoch hat mir die Ruhe zurückgegeben: Mir war, als erhellte er auch meine Seele. Kaum drang er in mein Zimmer, stand ich auf, um dir zu schreiben. Dieser Brief wird auf meinem Tisch liegen bleiben, ich weiß; es ist kaum fünf Uhr und Charles kann ihn noch nicht zu dir bringen; aber er ist da, ich sehe ihn, darin habe ich alles gesagt, was mich bewegt. Ich denke daran, dass jede Minute, die verstreicht, mich dem Moment näher bringt, da du ihn lesen wirst; und das alles erleichtert mein Herz.

Was aber hat diese Madame de B***, mich in diese furchtbare Situation zu bringen? Glaubt man, was erzählt wird, könnte ihre ganze Seele dir dann auch nur einen einzigen Funken jenes Feuers bieten, das die meine verzehrt? Oh, nein! Aber sie ist schön, sie ist kokett; und zu zweien, zu zweien in einer Kutsche; die Kleider berühren, die Hände begegnen sich, man atmet dieselbe Luft; man ist Mann, ist Weib … O Gott …

3. Brief

Was geschieht mit mir? Kein neuer Umstand, der meine Unruhe steigern könnte, und dennoch wächst sie mit jedem Augenblick. Ich meine tausend Dinge zu sehen, die mir zunächst entgangen waren. Womöglich gibt es einen Schmerz, den man verspürt, ohne es zu wissen, und der einem erst zu Bewusstsein kommt, wenn er das Herz so sehr erfüllt, dass er unerträglich wird. Diese Gedanken, das ist wahr, sind unscharf und wirr; sie ziehen hinter meiner Stirn vorbei und verschwinden wie Geister; einer aber bleibt immer da; einer, dessen Wahrheit mich erschreckt; einer, der auf einer Tatsache ruht und den ich vor mir selbst nicht leugnen kann. Sie haben diese Frau bemerkt, mein Freund, Sie haben sie bemerkt! Und wer wüsste nicht, dass alle Illusionen der Liebe sich berühren und dass die süßeste, die notwendigste, die heiligste jene ist, die uns glauben macht, für uns gebe es niemanden außerhalb des Zauberkreises, in den uns die Leidenschaft einschließt? Sie haben diese Frau bemerkt, und ich … ich sah nur Sie allein.

4. Brief

Schon scheint die Sonne in mein einsames Kabinett. Ich wollte die traurigen Gedanken von mir schieben, habe versucht, mich zu beschäftigen, abzulenken. Ich griff nach Palette und Pinseln, legte alles bereit und machte mich ans Werk. Das Feuer der Kunst gleicht dem der Liebe; es berauscht, es fesselt, es isoliert vom Universum und von sich selbst. Wie ich so arbeitete, schienen Lichtstrahlen meinen Geist zu erhellen. Ich fand die Vernunft und mein Gleichgewicht wieder; ich spürte meine Fähigkeiten sich verstärken und hinauswachsen über den letzten Rest der ungewollten Regungen, die noch in meiner Brust tobten. Plötzlich (wer weiß die Wirkung der Liebe vorauszubestimmen?) bestürmten mich die schrecklichen Erinnerungen aufs Neue: schnell wie ein Blitz durchbohrten sie meinen Willen, rissen mich gleichsam von meinem Stuhl. Ich warf alles hin, ging hastig auf und ab, war außer mir, meinte Feuer zu atmen; aber die Erregung des Körpers scheint die Wirren der Seele zu beruhigen. Unmerklich fand ich zur Gelassenheit zurück; ich konnte mich hinsetzen und schreiben. Hier bin ich also, hier bin ich, vernünftiger wieder, wenigstens glaube ich es.

Nein, du wirst mich nicht verraten, wirst die tausendfach wiederholten Schwüre nicht brechen; wirst sie nicht durch fremde Gefühle entweihen; das könntest du nicht. Es gibt in der Liebe noch etwas anderes als Liebe, eine noch innigere Vereinigung, eine Verbundenheit, die gewöhnliche Seelen nicht zu verstehen noch zu empfinden vermögen, den Drang eines Wesens zum anderen, der keinen Grund in dem hat, was das Denken beschreiben kann. Uns vereint der unbewusste Gleichklang dieses Gefühls, dieser unbekannten Freuden, geliebte Seele meines Lebens. Was vermag eine Madame de B*** gegen diese geheiligten Bande? Was sie vermag? Ach, wage ich es zu sagen? Der treueste Geliebte, der innigste gar, vermochte er je den Provokationen der Koketterie zu widerstehen? Ewige Überlegenheit meines Geschlechts über das deine. Welches Weib ertrüge ohne Kränkung auch nur den Gedanken, einem Geschöpfe sich hinzugeben, das ihr unterlegen sei? Welcher Mann ließe sich in seinem Verlangen von diesem Gedanken auch nur zügeln? Bei allem, was dir teuer ist auf dieser Welt, geliebte Hälfte meiner selbst, unterwirf mich nicht länger so grausamen Torturen! Wache mit größerer Sorgfalt über unser Glück! Was aber ist dieses Leben, das uns in jedem Augenblick entrinnt und das wir so leicht mit Bitterkeit füllen? Eine Qual, wenn wir leiden, ein Rausch, wenn wir glücklich sind; und immer Leben, Leben, das wir verschwenden, das wir hingeben, das nie mehr wiederkehrt, das alles mit sich nimmt; alles, sogar die Liebe. Auch für uns, mein Geliebter, kommt eine Zeit, wer wollte es glauben?, kommt eine Zeit, da unsere Seelen aufhören werden, eins zu sein, zu verschmelzen; da unsere kalte Asche der einzige Rest des Feuers sein wird, das uns verschlingt. O ja, berauschen wir uns in dieser so rasch entschwindenden Zeit an allem, was die Liebe an Reinstem und Innigstem trägt, beschmutzen wir diese

Genüsse nicht mit vulgären Fehlern und Ängsten; möge die Liebe in jedem Moment unseres Daseins, da unsere Herzen zueinander streben, allein sie entzünden, und möge der bloße Schatten des Verdachtes uns nicht zu nahen wagen …

Jemand kommt … Welch unerträgliche Qual! Es sind meine Mädchen; sie haben mich wohl gehört … Wie ungelegen kommt mir ihre Fürsorge. Welchem Zauber entreißen sie mich. Welch tiefe Kluft zwischen den gewöhnlichen Umständen des Lebens und den glühenden Ergüssen der Seele … Warum aber sollte ich fürchten, eine einzige Minute zu verlieren? Warum bin ich mit dem Tage erwacht? Muss nicht noch eine Stunde vergehen, ehe du diese Briefe liest, geschrieben in der Erregung und der Ungeduld meiner Zärtlichkeit? Oh, mein Freund, wie sehr lastet diese Stunde auf meinem Herzen! Was werde ich mit ihr anfangen? Wie viele werden mich noch niederdrücken, ehe ich dich wiedersehe? Wird es am Morgen, heute Abend, bei mir oder in der Öffentlichkeit sein, einer Öffentlichkeit, die meinem Trachten, meinen Gedanken so sehr zuwider ist und in der ich mich nur bewege, um dich vor den Gefahren zu bewahren, die mir allzeit auf dich zu lauern scheinen? Ich bin Witwe, frei, bereit, durch das heiligste Band mit dir verbunden zu sein. Wie grausam sind mir diese Zwänge … Du aber erlegst sie mir auf, und ich sehe es ein. Wehe mir, sollte ich unser Geheimnis den Augen des Rivalen offenbaren, von dem du noch abhängig bist, und dir eines Tages Anlass für Bedauern, Quelle der Reue werden … Aber lade mir keine Last auf, die ich nicht ertragen kann. Wenn du willst, dass man uns nicht entlarvt, nimm mehr Rücksicht auf mich: Lass mich dich vor allem nicht mehr mit diesem Weibe treffen! Es ist möglich, ich gebe es zu, ein Übermaß an Glück zu verbergen. Die Glückseligkeit, die unsere Seele erfüllt, kann sich in gewisser Weise selbst genügen, sich an ihrem eigenen Empfinden berauschen; dieser Schmerz jedoch, der dich überfällt, dich niederdrückt; diese plötzlichen, tiefen Empfindungen ... Wer auf der Welt wäre unglücklich genug, dass er sie vor aller Augen zu verbergen wüsste?

5. Brief

Mein Frühstück ist da. Mir fehlt die Kraft, es anzurühren. Ein Balken, eine Last drückt schwer auf meine Brust. Bald bedeckt tiefes Rot meine Wangen, bald durchfährt mich ein Schaudern von den Fußspitzen bis zu den Haarspitzen. Was ist doch diese Macht der Seele über den Körper, der Leidenschaft über die Vernunft? Der Stolz revoltiert und empört sich: Er zeigt uns unsere Schwäche, unsere tiefe Erniedrigung in hellstem Licht; er zwingt uns, diese Zeit, die verschwendeten, verschenkten, an eitle und verrückte Empfindungen verlorenen Fähigkeiten zu beklagen; wozu aber ist das gut? Zu nichts …

6. Brief

Ganz plötzlich hat sich das Wesen meiner Gedanken gewandelt, ich weiß nicht warum. Ich leide nicht weniger, aber ich grüble mehr. Mein Empfinden ist dasselbe; die Gedanken aber sind andere. Eben noch erkannte ich den mächtigen Zwang, unsere Liebe zu verbergen, jetzt kommt mir dieses Geheimnis nur noch vor wie ein unnötiges und gefährliches Opfer. Ich erröte vor mir selbst ob dieses Stimmungswandels, ohne mir den Grund erklären zu können. Vielleicht kommt ein Moment, da uns die von allzu großer Erregung erschöpfte Seele das Urteilsvermögen raubt. Oder aber sie hört auf, es zu verwirren. Wie dem auch sei, hören Sie mir zu, mein Freund, hören Sie mir aufmerksam zu.

Ich quäle Sie, das spüre ich; ich bin eifersüchtig, bis zur Lächerlichkeit eifersüchtig; es vergeht kaum ein Tag, ohne dass etwas Neues mir zur Quelle neuen Leides wird. Unlängst erst hat Mademoiselle de L***, ein anderes Mal Mademoiselle de C*** Verzweiflung in meine Brust getragen. Heute ist es Madame de B***. Habe ich Unrecht, habe ich Recht? Ich weiß es nicht, ich will es nicht wissen. Sie werden sich wohl rechtfertigen, dieses Mal wie alle anderen, und das ist alles, was ich brauche. Ich werde Ihnen glauben, was immer Sie mir erzählen. Der Himmel bewahre mich davor, an den Worten des Mannes zu zweifeln, dem ich mein Herz gegeben. Sollte jedoch diese Kette von Verdächtigungen Ihrer Liebe Abbruch tun, wäre es mein Tod; ich stürbe vor Kummer, so entsetzliches Unglück auf mich gezogen zu haben. Und dennoch kann ich mich nicht beherrschen; ich kann es nicht, das ist die Wahrheit. Dabei lasse ich Sie nur einen kleinen Teil meiner Qualen sehen. Noch den heftigsten Gefühlen wohnt eine Scham inne, die mich zögern lässt, sie alle ans Tageslicht zu bringen. Lernen Sie endlich das ganze Übermaß meiner Schwäche kennen!

Ich liebe Sie, mein Freund, mehr, als man je geliebt hat; aber es vergeht keine Minute meines Lebens, ohne dass geheime Angst sich in die Wonnen meiner Leidenschaft mischt. Sind wir gemeinsam in Gesellschaft, entfacht schon das kleinste Wort, das die Höflichkeit Sie zu einer anderen sagen lässt, einen finsteren Sturm in meiner Brust. Reichen Sie nicht mir die Hand, um von einem Raum zum anderen zu gehen, folgt Ihnen mein besorgter Blick durch die Menge, und der kleinste Zufall, der Sie meinen Augen entzieht, lässt mich erschauern. Dauert es eine Zeit, bis Sie wieder auftauchen, legt sich eine Wolke über meine Augen; ich höre nichts mehr, halte mich mit Mühe aufrecht und komme erst wieder zu mir, wenn der süße Klang Ihrer Stimme erneut an mein Ohr gedrungen ist. Loben Sie den Putz einer anderen, lässt mich eine unwillkürliche Regung sogleich einen Blick auf den meinigen werfen. Seine außerordentliche Schlichtheit erschüttert mich, und ich denke (Verrückte, die ich bin), dass ein so erbärmlicher Vorteil mir einen Teil Ihrer Zuneigung rauben könnte. Die Freizügigkeit jener Spiele, mit denen sich die Gesellschaft vergnügt, bringt noch größere Unruhe in meinen Geist; ich sehe lange im Voraus, was an geringfügigster Vertrautheit daraus erwachsen kann, und diese Gedanken nehmen mich ganz in Beschlag, ich bewahre kaum den nötigen Esprit, um an dieser frivolen Unterhaltung teilzunehmen. Das bloße Wort Tanz lässt mich erstarren. Der Walzer ist für mich die schrecklichste Entweihung der Liebe. Ich verbiete ihn mir mit jedwedem Manne, und zehnmal hat mich das Bild der Glücklichen, die ich so in Ihren Armen, ja geradezu an Ihrer Brust sah, nächtelang verfolgt.

Sie sollen alles wissen: Bis hinein in dieses einsame Kabinett, diese abgelegene Ecke meiner Wohnung, die geheiligte Zuflucht der Liebe, wo wir Wege gefunden haben, uns vom Universum unentdeckt zu treffen, verfolgen mich noch diese schrecklichen Vorstellungen. Auch wenn ich, mir selbst die Stirn bietend, mich zwinge, Ihnen nicht zuvorzukommen, schürt jeder Schritt, mit dem ich mich dem Raume nähere, in mir die Furcht, Sie nicht dort zu finden. Erblickt mein Auge die Tür, ist die Erregung so stark geworden, dass ich kaum atmen kann. Wenn ich Sie nicht sehe, sobald ich eintrete, erstarrt mir das Blut in den Adern. Verspäten Sie sich nur um eine Minute, hat sich mein Geist schon in tausend verrückten, quälenden Mutmaßungen verirrt; und erscheinen Sie, künden, obschon ein Meer der Freude meine Seele überschwemmt und das leiseste Geräusch Ihrer Schritte die grausamen Gespenster wie einen Traum vertrieben hat, meine zitternden Hände, die die Ihren pressen, das Rasen meines Herzschlags, die brennenden Tränen, die mir aus den Augen strömen, ebenso vom Glück, das ich empfinde, Sie zu sehen, wie von der durchlittenen Angst, Sie zu verlieren.

Und was ist der Grund all meiner Qualen? Gewiss,

das Übermaß meiner Liebe, aber viel mehr noch jener Schleier des Zwangs und der Ungewissheit, der unser Glück verhüllt. Wir müssten durch unlösbare Bande vereint sein, aber wir sind es nicht; tausend Ereignisse können uns trennen. Und wer wüsste nicht, dass für eine zärtliche Seele der bloße Gedanke an ein so großes Unglück ausreicht, um die Gewissheit der süßesten Freuden zu vergiften? Seien wir also vereint, da wir es sein müssen; seien Sie mein vor den Augen der Welt, leben wir unter einem Dach, tragen wir denselben Namen, mögen der Morgen wie der Abend uns beieinander sehen, und wenn mein Glück vollkommen ist, bin ich gewiss, dass ich Sie mit dem Zauber der Zärtlichkeit umgeben werde, der es keiner fremden Einwirkung erlauben wird, bis zu Ihnen zu gelangen, und der mich für immer vor meiner Herzensfurcht oder vielmehr vor den Verirrungen meiner Fantasie bewahren wird.

Das ist es, mein Freund, was ich Ihnen sagen wollte, worum ich Sie bitte. Ich weiß schon jetzt, was Sie mir antworten werden. Ich weiß, dass große Familienfehden im Moment Ihren Besitz, Ihre Titel, ja sogar Ihren Rang in der Gesellschaft bedrohen. Ich weiß, dass der alte Fürst R***, Ihr Onkel und Gönner, zum Schiedsrichter in diesem großen Streit berufen, ihn zu Ihren Gunsten zu entscheiden verspricht. Ich vergesse keineswegs (denn es vergeht kein Tag, ohne dass ich es mir vorwerfe), dass ich dem Drängen meiner Familie nachgab und er meine Hand erhalten sollte, als er selbst Sie zu mir führte, als die Liebe meinen Entschluss binnen eines Augenblicks änderte, und dass ich, allen Konventionen trotzend, mit ihm brach, unter einem banalen Vorwand, der ihm immer noch die Hoffnung lässt, mich zu rühren. Schließlich zweifle ich nicht daran, dass er mit seinem hochmütigen und heftigen Wesen, wenn er auch nur ahnte, dass Sie mich ihm entführten, Rache nähme, indem er Ihre Sache aufgäbe, das aber wäre Ihr Ruin. Ich weiß das alles, wie Sie sehen, mein Freund; zuweilen kann ich gar das Gefühl verstehen, das Sie daran hindert, mich mit Ihrem Leben zu verbinden, bevor es ehrenhaft gesichert ist; aber es gibt Grenzen, über die man nicht hinweg kann; es gibt Gesetze, die sich die menschliche Schwäche nicht aufzuerlegen vermag. Der Fürst verschiebt die Entscheidung, die er Ihnen immer wieder verspricht, von Tag zu Tag, gerade so, als ließe ihn ein geheimer Instinkt in unseren Seelen lesen. Seit sechs Monaten bin ich in diesem grausamen Zustand; allmählich übersteigt es meine Kräfte, und ich habe nur den einen Gedanken, endlich Ihnen zu gehören, nur die eine Furcht, es könnte dazu nicht kommen. Teurer, allzu teurer Freund, ich beschwöre dich! Finde einen Weg, egal welchen, meinen Wunsch zu erfüllen. Ist es nicht, um dich vor den Gefahren zu bewahren, die mir Angst einflößen, so, um mich vor mir selbst zu bewahren. Was bedeutet schon die Entscheidung, die dich bremst? Ist nicht dein bloßer Name der schönste Titel der Welt? Genügt mein Vermögen nicht für uns beide? Wollte dein Onkel sich beklagen, wenn er alles erfährt, stünde die Öffentlichkeit dann nicht auf unserer Seite? Ist sie nicht immer für die Liebenden? Und wäre es selbst anders, müssen wir denn unser Glück diesen sinnlosen Rücksichten opfern, einem Fürsten R***, einer Madame de B***? Aber da fällt es mir ein … welcher Zusammenhang … welch eine Erleuchtung! … Mein Freund, wäre es möglich? …

Ja, ja, das ist die Erklärung dieses grausamen Rätsels ... deiner Aufmerksamkeit für diese Frau, deiner scheinbaren Kälte für mich. Sie ist eine enge Freundin deines Onkels; seit sie Witwe ist, findet man ihn ständig bei ihr ... man sprach sogar von Heirat ... Du wirst gefürchtet haben, sie könnte uns durchschauen, ihm unsere Verbindung offenbaren ... Was hatte ich nur für Gedanken! O ja, ein Mann, so verliebt er auch sein mag, hat immer diese materiellen Dinge vor Augen. Ist eine zärtliche Frau dazu imstande? Verfluchtes Geld, verfluchte Vorsicht – müssen sie immer die Feinde der Liebe sein? O Gott, wie erleichtert ich mich fühle! Wie frei ich atme! Wie sich die Fesseln um meine Seele lösen! Wie in meinem ganzen Sein eine köstliche Ruhe auf das Feuer folgt, das mich verschlang! Mein Lieb, mein einziges Gut, es ist also wahr, dass du mich liebst? Dass du mich immer geliebt hast? Konnte ich denn daran zweifeln? Ungerecht, undankbar war ich ... Verzeih, verzeih, sei für immer Richter über mein Schicksal. Ich gebe mich dir hin, vertraue mich dir an. Ich lege mein Glück, mein Dasein, mein Leben in deine Hände. Ich bin einverstanden, vor allen das Geheimnis unseres Glücks zu verbergen; denk aber dennoch daran, dass die Verzögerung, die du mir auferlegst, für dich selbst ein Unglück bedeutet; dass das Schicksal fast immer sein Spiel mit der eitlen Voraussicht der Menschen treibt und dass es letztlich im natürlichen Lauf der Dinge liegt, dass Aufrichtigkeit und Rechtmäßigkeit die Ereignisse lenken und besser zum Ziel führen, als stets dem Zufall unterworfene Geheimnisse.

Aber die Zeit schreitet voran; endlich kann Charles zu dir gehen, ohne aufzufallen. Mit der ganzen Kraft meiner Seele rief ich diesen Moment herbei, jetzt aber verwirrt und ängstigt er mich. Weiß man je, was man begehrt? Werde ich diese Briefe überbringen lassen? Will ich sie dir alle schicken? Sollst du den Überschwang meines Deliriums kennen? Warum nicht? O nein, niemand soll sagen, dass die Freundin deines Herzens dir von sich aus auch nur einen einzigen Gedanken, einen einzigen ihrer Fehler vorenthalten hätte. Ja, ganz und gar sollst du mich kennen! Lies, lies die Lettern, die in der Unordnung meines Geistes, aber in der Trunkenheit meiner Liebe geschrieben sind; lies diese Briefe, geliebte Hälfte meiner selbst. Lies sie alle, aber eile dich, mich zu beruhigen; hüte dich, eine einzige der Minuten zu verschwenden, die so notwendig sind für mein Glück. Sag mir nur, dass du mich liebst, aber sag es mir sofort: Denk daran, dass eine heftig bewegte Seele für alle Art von Ängsten empfänglich ist; dass ich womöglich im nächsten Augenblick bei dem bloßen Gedanken erschauern werde, dir das Übermaß meiner Schwäche offenbart zu haben, und dass mein Tag nicht angefangen hat und ich, selbst glücklich und ruhig, noch nicht wirklich lebe, ohne die zärtliche Bestätigung deiner Liebe, die du mir jeden Morgen gibst.

7. Brief

Endlich hat sich mein alter Charles auf den Weg gemacht. Ich bin ihm von meinem Fenster aus lange mit den Augen gefolgt und nun in mein einsames Kabinett zurückgekehrt. Meine Gedanken, strahlend noch und erfüllt von dem Glück, das ich eben wiedergefunden, wurden wieder traurig und konfus; sie folgten rasch aufeinander, ohne dass ich selbst sie mir erklären konnte. Wieder griff ich nach meinen Stiften, meinen Pinseln; ich wähnte mich ruhig, womöglich war ich es; doch heftige Gefühlswallungen hinterlassen eine Leere, eine Niedergeschlagenheit, die dem Schmerze gleicht. Ich konnte keine zwei Striche zeichnen, also kehre ich zu dir zurück. Die Kunst verlangt nicht nur ein glühendes Herz, sondern auch einen freien Geist. Wie aber kann der Geist frei sein, wenn Leidenschaft die Seele erfüllt? Wie schrecklich ist so eine Leidenschaft, mein Freund! Ob sie uns über uns erhebt oder uns herabzieht, vermag ich nicht zu sagen. Sie ist ein heftiger Wirbel, der unser Handeln, unsere Gedanken, unsere Empfindungen ergreift und sie alle in eine Richtung, zu einem Punkt hin trägt. Während uns das, was dieser Feuerherd verströmt, außerordentliche Kräfte verleiht, ist alles, was außerhalb bleibt, für uns nicht vorhanden. Wir existieren nur noch als ein Teil unserer selbst, der alles andere verschlingt. Ehe ich dich kannte, floss mein Leben wie ein ruhiger Bach dahin; die Kunst und die Freundschaft versüßten meine Stunden. Ich genoss die Vergnügungen der Gesellschaft, die Arbeit, den Rausch des Erfolgs, die großzügigen Privilegien, mit denen das Schicksal mein Dasein verschönt hat; ich sah dich und alles war verschwunden; ich sah dich und dein Bild allein blieb vor meinen Augen. Von Stund an gab es kein anderes Vergnügen mehr; mein Glück, mein Stolz, mein Leben, alles schmolz dahin, verschlungen von dem Wunsch, dir zu gefallen, von dem Bedürfnis, dich zu lieben; doch welch unerschöpflicher Quell der Glückseligkeit ist diese Liebe, wie kalt und fad macht sie jedes Vergnügen, das man ohne sie genießt …

O Himmel, entsinnst du dich des erhabenen Augenblicks, da unsere Herzen einander zum ersten Mal fanden? Noch die kleinsten Umstände sind mir ganz gegenwärtig. Wir kannten uns kaum; schon aber hatten mich dein Blick, deine ganze Erscheinung mein Glück vorausahnen lassen. Es gibt wohl zwischen zwei Geschöpfen, die sich lieben müssen, einen nicht vom Willen gelenkten gegenseitigen Ruf mit allen Sinnen, bei dem man sich unmöglich täuschen kann. Eines Morgens war ich allein, hatte soeben einem kaum skizzierten Bild den Rücken gekehrt; ich hatte nach einem Buch gegriffen, aber meine Augen ruhten seit einer Viertelstunde auf derselben Seite, ohne dass mein schweifender Geist mich irgendetwas verstehen ließ. Plötzlich drang das Geräusch deiner Schritte an mein Ohr (denn schon damals hätte ich sie unter tausend anderen erkannt); man meldete dich an! Was für ein Augenblick … Oh, mein Freund … Leichte Röte bedeckte deine Wangen; dein schönes blondes zerzaustes Haar schien deine Stirn mit einem Lichtstrahl zu umkränzen. Meine Verwirrung war so groß, dass ich bis heute nicht weiß, was du sagtest, noch, was ich zu erwidern wusste: Aber eben dieses Übermaß der Erregung gab mir meine Sinne wieder, als ich dich von dem Stuhle, auf dem du zunächst gesessen, aufstehen und so dicht neben mir Platz nehmen sah, dass mein Gewand beinah deines berührte. Die Natur beschenkt uns mit unerklärlichen Gefühlen. Dieser Augenblick, da ich verstand, dass ich geliebt wurde, war womöglich der schönste meines Lebens, und dennoch war meine erste Regung Flucht. Du hieltest mich an meinem Kleid zurück und ließest mich wieder sanft auf mein Polster sinken, wo ich mich fast in deinen Armen fand. Außer mir, trunken vor Freude, vor Furcht, vor Hoffnung, suchte ich zweifellos meine Verwirrung ein wenig zu verbergen, indem ich nach dem Buch griff, das meine Hand wie zufällig entdeckte; aber alles, was man in jenen Momenten des Rausches unternimmt, um das Geständnis seiner Liebe hinauszuzögern, scheint vielmehr dazu angetan, dieses Geständnis zu beschleunigen. Ebenso erregt wie ich, entsinnst du dich, mein Gott, gabst du vor zu schauen, was ich vorgab zu lesen, und kamst unter diesem Vorwand immer näher, neigtest deinen Kopf zum meinigen über das Buch, das ich noch hielt, und entfachtest damit einen noch stärkeren Sturm in meiner Brust. Ach, könnte ich doch nur malen, was ich empfand, als deine Hand meine zitternde Hand suchte; als mein Blick in der Unordnung meines Geistes auf dich fiel … als er deinem begegnete … Wären alle Feuer der Liebe auf einmal daraus hervorgeschossen, hätten sie keine schnellere, heftigere Wirkung gehabt. Eine ganze Zukunft voller Wonnen breitete sich augenblicklich vor mir aus. Ich fühlte mich verloren, verirrt … ich hörte mein Herz klopfen. Aber die Natur kann so starke Gefühle nicht ertragen. Meine Gedanken verschwammen, kraftlos fiel ich zurück und drohte der Last der Freude zu erliegen, als endlich süße Tränen des Glücks aus meinen Augen strömten.

Oh, mein Geliebter, brauchtest du ein anderes Geständnis? Und mit welcher Hingabe fielst du vor meinen Knien nieder! Ich meine noch das Feuer der Küsse zu spüren, mit denen du sie bedecktest. Ich höre noch die Namen, Freundin, Geliebte, Gemahlin; die zärtlichen, leidenschaftlichen Worte, die sich in Schwällen aus deinem Mund ergossen. Sie gingen direkt in mein Herz, erfüllten es mit reinster Trunkenheit, mein Geist belebte sich, und schon begann ich, durch die Wolken hindurch, die dich meinem Blick zu entziehen schienen, deine Züge zu erkennen, als mir das Geräusch eines Wagens Besuch ankündigte.

Nein! Es gibt keine Umwälzung, die einen töten kann, da ich doch diesen jähen Übergang von der Glückseligkeit der Liebe zu den kalten Konventionen der Gesellschaft überlebte. Ich wähnte mich aus dem Himmel gestürzt. Schmerzvoll schrie ich auf, und in meiner Bestürzung, spürend, dass uns kaum einige Sekunden blieben, warf ich mich in deine Arme, wo du mich so innig drücktest, dass ich wohl für einen Augenblick zu leben aufgehört habe …

Ich begreife kaum, wie wir in dieser Verwirrung aller Sinne zu der Einsicht gelangten, dass wir uns trennen mussten; schon aber öffneten sich die Türen, unsere bloße Erregung hätte uns verraten; ich hatte den Mut, dir eine verborgene Treppe zu weisen; du stürztest hinaus und ich wähnte mein Glück erloschen; aber gleich jenen wohltätigen Gottheiten, die einen köstlichen Duft zurücklassen, warst du nicht ganz und gar verschwunden, der Zauber deiner sanften und reinen Liebkosungen hatte sich auf alles gelegt, was meine Augen berührten, und umhüllte mich noch mit einer Atmosphäre der Freude und der Glückseligkeit.

Seit jenem Augenblick, du mein einziges Glück, bist du das heilige Prinzip meines Handelns, all meiner Gedanken. Wenn ich dich sehe, existiere ich nicht mehr durch mich selbst. Bist du fern von mir, bedecke ich ohne Unterlass das Papier mit meinem Bedauern, meinen Erinnerungen, den brennenden Worten meiner Zärtlichkeit, und obschon diese Briefe oft tagelang auf meinem Tisch liegen, ehe ich sie dir schicken mag, schenken sie mir ein Glück, das sich mit keinem anderen vergleichen lässt, so sind sie, nach dir, das erste Bedürfnis meiner Seele geworden. Schließlich wären meine Tage trotz der gezwungenen Zurückhaltung und der grausamen Trennung, die deine Vernunft mir auferlegt, nur eine lange Folge inniger Wonnen, hätte nicht der scharfe Stahl der Eifersucht mein Herz berührt. Aber muss ich mich darob beklagen? Könnte ich das Gefühl weniger teuer bezahlen, das mein Herz mit so viel Freuden erfüllt? Ist es dem Menschen gegeben, ungetrübt ein Glück zu genießen, das sich so weit über alles erhebt, was die menschliche Schwäche verstehen kann?

8. Brief

Teure Seele meines Lebens, Charles kann nicht länger auf sich warten lassen. Schon berausche ich mich an dem Glück, das ich genießen werde, und kann an nichts anderes denken. Ich bin glücklich, glücklich, wie ich sein muss, die glücklichste aller Frauen. Allein dein Morgenbillett fehlt in diesem Moment noch zu meiner Erfüllung. Wie meine Hand vor Freude beben wird, wenn sie es empfängt! Wie ich eilen werde, mich allen Blicken zu entziehen, damit kein fremdes Auge auf meiner Stirn die Gefühle liest, die es in mir wecken wird! Denn ich glaube nicht, dass ich es in meiner Gemütsbewegung hastig lesen werde: Nach einem raschen Blick auf die letzte Zeile werde ich mich in das Kabinett zurückziehen, in dem ich deine ersten Schwüre empfing; ich werde sorgfältig die Tür schließen; ich werde mich auf den Stuhl setzen, den gewöhnlich du an meiner Seite einnimmst, und dort, ganz der Liebe hingegeben, werde ich langsam und mit Genuss den Zauber jedes deiner Worte genießen; ich werde voller Vergnügen die von deiner Hand gezeichneten Buchstaben betrachten, das Papier berühren, das du berührtest; ich werde es an mein Herz, an meine brennenden Lippen pressen, werde hundertmal deine zärtlichen Sätze lesen und so die Illusion bis zu jenem ersehnten Augenblick verlängern, der dich endlich zu mir zurückbringen wird.

Mir ist, als hörte ich Charles' Stimme.

9. Brief

Ich habe mich getäuscht, er war es nicht. Ich sehe ihn nicht einmal vom Fenster aus, zu dem ich schon zehnmal gegangen bin, aber er kann nicht mehr auf sich warten lassen. Meine Uhr liegt dort, auf dem Tisch; ich bin dem Zeiger mit den Augen gefolgt, noch beim Schreiben habe ich die Minuten gezählt; ich weiß, wie lange man braucht, um hinzugehen und zurückzukehren, wie lange du brauchst, um meine Briefe zu lesen, mir zu antworten. Eine Stunde reicht aus, und sie ist schon verstrichen.

Mein Freund, würdest du es glauben? Wenn Charles in ein paar Minuten nicht hier ist … Jemand kommt … ein Brief! … Er ist nicht von dir. Der Umschlag, die Form haben es mir sogleich verraten … Ich habe ihn überflogen; er ist von Alfred. Es ist ein Liebesbrief … Ein Liebesbrief! Für mich! Welch törichte Eingebung … Wie kann man eine Frau lieben, die ganz und gar einem anderen gehört? Das scheint mir ein Fehler der Natur. Aber wie erregt ist der junge Mann! Was hat er mir wohl gestern gesagt? Werde ich diese grausame Eifersucht nie besiegen? Sag mir, sag mir, was ich tun soll. Ich bin dein, sag mir, wie ich dein Gut verteidigen soll.

Charles kommt nicht zurück; alles quält mich heute.

Brief des Grafen Alfred de ***

(dem vorherigen beigefügt)

Madame,
im Namen des Himmels, seien Sie so gütig, mir zu sagen, ob Sie mich gestern Abend gehört haben und ob Ihr Schweigen der Gleichgültigkeit geschuldet war oder der Verwirrung, die Sie zu beherrschen schien. Ich habe Ihnen das Übermaß einer Leidenschaft geschildert, deren Inbrunst Sie unmöglich verstehen können, und Sie haben mich nicht schweigen geheißen; ich habe Ihre Hand gedrückt und Sie haben sie nicht weggezogen. Was soll ich glauben? Meine Augen haben sich die ganze Nacht nicht geschlossen; tausend Feuer brannten in mir; tausend Tode bin ich gestorben. O Engel, vom Himmel herabgestiegen, um die Männer zu verzaubern! Seit mehr als einem Jahr atme ich einzig für Sie. Obschon die Zurückgezogenheit, in der Sie leben, es mir nie erlaubte, bis zu Ihnen vorzudringen, haben Sie doch keinen einzigen Schritt in der Öffentlichkeit gemacht, bei dem ich Ihnen nicht gefolgt wäre. Sie haben es gewiss nicht bemerkt. Wie könnte auch ein junger und schüchterner Bewunderer hervortreten aus der bezauberten Menge, die Sie umgibt, sobald Sie erscheinen, und der Sie nicht die geringste Aufmerksamkeit schenken? Wie hätte ich meine schwache Stimme vernehmen lassen in dem allgemeinen Applaus, der weniger Ihrer Schönheit, Ihrer Anmut und Ihrem Talent gilt, als der erhabenen Schlichtheit, mit der Sie ihn

ignorieren. Wie hätte meine Anbetung bis zu jener gelangen können, die über der Anbetung der Menschen steht? Und dennoch werfe ich mich Ihnen zu Füßen; verzeihen Sie mir, was zu sagen ich die Kühnheit besitzen werde. Ich sah, ich glaubte zu sehen, wie sich Ihre schönen Augen, Abbild des reinen Himmels, mit zärtlicher Sorge auf jemanden richteten, den ich nicht zu nennen wage. Mir schien ... Nein, ich werde nie den Mut haben, es niederzuschreiben. Wenn es irgendeine Hoffnung für mich gibt, geben kann, wenn noch niemand Ihr Herz berührt hat, Madame! Sie stehen so weit über allen anderen Frauen, stehen Sie auch über deren eitler Heuchelei! Ich beschwöre Sie, zeigen Sie Mitgefühl mit meinem Schmerz; würdigen Sie mich einer Zeile, einer gleichgültigen Zeile, die Liebe wird mich alles lehren, was sie zu sagen hat. Wenn aber ... Dann antworten Sie mir nicht, dann lassen Sie mir ausrichten, dass Sie mir nichts zu antworten haben; bohren Sie ohne Schonung den Dolch in mein Herz: Es bedarf einer starken Medizin. So ich diesen entsetzlichen Schlag überstehen kann, wird mir womöglich der Gedanke an Ihr Glück die Kraft geben weiterzuleben und Sie nur noch wie eine Gottheit anzubeten.

*Alfred, Graf von ****

10. Brief

Immer noch niemand ... Ich weiß nicht, was ich fürchte; doch meine Sorge wächst mit jeder Minute. Alles, was nicht natürlich erscheint, dient lebhaften Seelen als Vorwand, sich selbst zu martern. Auch die Liebe dieses jungen Mannes quält mich. Nie habe ich daran gedacht, dass man sein Spiel mit dem Leid des Herzens treibt. Man erwartete meine Antwort; ich hatte es vergessen. In meiner Verlegenheit ließ ich sagen, man habe mir den Brief noch nicht aushändigen können. Welch erbärmliche Ausrede! Sie passt nicht zu meinem Wesen, die Liebe entstellt alles. Mein Freund, sagen Sie mir, wie ich mich verhalten muss. Sollte der junge Mann meine Antwort mit der gleichen Bangigkeit erwarten wie ich die Ihre, ist er gewiss zu bedauern. Allerdings macht er sich eine ganz falsche Vorstellung von meinem Glück. So sind die Urteile der Männer ... Wie schnell der Zeiger vorangeht. Charles hat noch nie so lange auf sich warten lassen. Es hält mich nicht mehr auf meinem Stuhl, ich kann nicht schreiben; ich spüre, wie sich meine Augen mit Tränen füllen. Warum? Ich weiß es nicht, denn es kommt mir vor, als dächte ich nicht mehr an diese Frau. Ich erwarte Ihren Brief heute wie jeden Tag; er lässt auf sich warten, das ist alles ... Aber tränkt man nicht alles mit der Farbe seiner Seele und hat nicht der gestrige Abend die meine mit Bitterkeit erfüllt?

11. Brief

Haben Sie je erlebt, mein Freund, wie es ist, wenn Sie nach jemandem Ausschau halten, den Sie voll Ungeduld erwarten? Eine Gestalt taucht auf, er ist es nicht; eine andere, wieder nicht; eine Dritte, ebenso wenig. Zwanzig weitere folgen, die geringste Ähnlichkeit in Größe, Gang, Haltung oder Farbe des Gewandes lässt einen erbeben; der Kopf, zwischen tausend widerstreitenden Gefühlen hin- und hergerissen, verwirrt sich, die Kräfte erlahmen, und schließlich kommt man in einen erbärmlichen Zustand, der echter Verzweiflung gleicht. So steht es um mich. Dabei zwinge ich mich, ich muss es sagen, vor mir selbst das Übermaß meiner Sorge zu verbergen. Je begründeter sie zu sein scheint, desto mehr suche ich sie mir zu verhehlen. Seltsame Stärke, seltsame Schwäche des menschlichen Herzens. Wenn wir im Rausch der Leidenschaft tausend fantastische Ängste ersinnen, gefallen wir uns gewissermaßen darin, uns diesem Delirium hinzugeben. Gerade so, als sagte uns eine diskrete Stimme, dass alles nur ein Spiel unserer Einbildung sein kann. Kommt die Gewissheit, sagen wir: *Das ist,* dann ziehen wir uns in uns selbst zurück, werden scheu und versuchen vor uns selbst zu verleugnen, was doch ins Auge springt. Vor wenigen Augenblicken noch konnte nichts meine Mutmaßungen über die Verzögerung des so heiß ersehnten Billetts bremsen, jetzt finde ich tausend Gründe, um sie zu entschuldigen. Ich sage mir, dass Sie vielleicht noch nicht aufgewacht sind, dass eine unvorhergesehene Angelegenheit Sie am Antworten hindert; als wäre nicht ich Ihre erste Angelegenheit. Ich denke sogar, Sie seien krank … krank! … welch grausamer Gedanke; und doch ziehe ich ihn jenen vor, die mich an diese Frau gemahnen; diese Frau, deren Bild mich unaufhörlich verfolgt … Macht einen die Eifersucht wahrhaftig zum Unhold?

Mein Freund! Mein Freund! … Ich habe ihn gesehen …

12. Brief

Er kommt … er kommt! Aber langsam. Langsamer als üblich. Ob wohl die Erregung meine Sinne verwirrt? Ich glaube, sein Gesicht sieht traurig aus. Er führt oft die Hand an die Stirn und scheint das Billett nicht bei sich zu haben, das ich gewöhnlich schon von weitem erkenne … Er wird in wenigen Sekunden hier sein … Mein Herz schlägt zum Zerspringen. Die grausame Ungewissheit, in der ich eben noch schwebte, ist nichts neben dem, was ich leide. Ich höre ihn. Da ist er. Nichts! O Gott, nichts …

13. Brief

Meine Ahnungen haben mich also nicht getäuscht. Kein Brief … Aber das wäre noch nichts: Sie sind nicht daheim. Sie seien, so sagt man, auf dem Lande. Sie seien um ein Uhr in der Frühe aufgebrochen. Ein Wagen habe Sie abgeholt; eine Frau, die man nicht habe erkennen können, habe Sie rufen lassen … Eine Frau! … Sie sei im Wagen geblieben; habe ungeduldig auf Sie gewartet. Niemand weiß zu sagen, wo Sie sind. Charles hat vergebens versucht, irgendwelche Aufklärung zu erhalten; er wusste kaum, an wen er sich wenden sollte. Der Vertraute, der Ihnen heimlich meine Briefe übergibt, ist mit Ihnen abgereist. Charles, der gute Alte, vergießt Tränen ob der schrecklichen Qual, die er mir bereitet. Er weint … Er hat Unrecht, ich weine keineswegs.

14. Brief

Es wäre entsetzlich, Sie dessen anzuklagen, was ich erahne, so Sie unschuldig sind. Ich sammle meine Kräfte; ich halte meinen Geist zurück, der auf Abwege zu geraten droht. Ich versuche zu erkennen, was ich glauben, unternehmen, denken soll. Ich bin ganz kaltblütig; ich habe die Kaltblütigkeit der Verzweiflung.

15. Brief

Ich schicke erneut zu Ihnen. Charles ist alt und scheu, er hat wohl etwas falsch verstanden, hatte Angst, mich zu kompromittieren. Einer meiner Leute, ein selbstsicherer, intelligenter Mann, bringt Ihnen meine Briefe. Er wird meinen Namen nicht nennen; aber er wird auf Antwort drängen und unter diesem Vorwand reden und Erkundigungen einholen. In einer halben Stunde ist er zurück. Bis dahin will ich ruhig bleiben. Ich bin es, ich glaube es zu sein. Ich vergieße keine Träne; mein Kopf brennt, ich atme Feuer, meine Seele aber ist fest und meine Augen sind trocken … Unseliger, glaubst du denn, dass einem die Liebe jedes Gefühl dafür raubt, was man sich selbst schuldet? Erwartest du so wenig von meinem Mut, dass er den Mann nicht aus meinem Herzen verjagen könnte, der es so barbarisch gekränkt hätte?

16. Brief

Ist nicht das alles ein Traum, ein Delirium meiner Einbildung? Sie sind weggefahren, mit einer Frau? Ja, ich versuche vergeblich, mir etwas vorzumachen: Charles kann sich nicht so sehr täuschen. Sie sind weggefahren. Und wäre diese Abreise unverfänglich, hätten Sie mir nichts verheimlicht; Sie hätten mir geschrieben, Sie wären gekommen, ich hätte von Ihnen gehört; nichts auf der Welt, nichts hätte Sie dazu bringen können, mich diesem Ansturm fataler Mutmaßungen auszusetzen. Sie kennen mich, Sie kennen das Übermaß meiner Zuneigung, meiner Eifersucht, ja selbst meiner Ungerechtigkeit. Ich habe Ihnen nichts verborgen, habe mich nie mit eitlem Heldentum geschmückt; ich habe es Ihnen hundertmal gesagt: Mein Freund, sieh dich vor; deine Untreue würde mich umbringen, sie wird mich umbringen, ich sage es immer wieder, Sie werden es zu spät erfahren. Und wenn es wahr ist (denn Sie haben es mir auch zuweilen gesagt), dass das, was den Tod in meine Brust trägt, einer anderen nichts bedeutet, was soll mir dies? Die Natur hat mich so gemacht; ich kann mich nicht ändern, das wissen Sie. Wenn eine Seele empfindsamer ist als eine andere, folgert daraus nicht, dass man sie nicht mit größerer Rücksicht behandeln muss. Allein der Instinkt, der Instinkt misst die Wucht des Schlages an der Kraft desjenigen, der ihn empfängt, und es kann nicht ohne Absicht sein, wenn Sie mein

Herz mit einer Verzweiflung beladen haben, von der Sie wohl wissen, dass es diese nicht zu ertragen vermag.

Aber ich sehe alles, ich glaube, jetzt sehe ich alles … Wie blind die Liebe macht! Sie werden nicht die Kraft besessen haben, mir selbst mein Unglück zu verkünden. Die Männer sind nicht immer so grausam, wie sie gern wären; sie nennen dies Lebensart. Sie wollten mich wohl durch den schrecklichen Abend gestern auf alles vorbereiten, und dann sind Sie weggefahren. Sie haben sich gedacht, dass ich nach Ihnen schicken würde, so dass nicht Sie mir den Todesstoß versetzen müssten … Nun gut! Wenn dem so ist, seien Sie zufrieden: er ist versetzt.

17. Brief

Was habe ich Ihnen getan, dass Sie mir solchen Schmerz bereiten? Meine Liebe, meine Seele, mein Leben, habe ich Ihnen nicht alles gegeben? Habe ich denn vom ersten Moment an, da ich Sie sah, nur eine Minute nicht an Sie gedacht? Verspürte ich einen Wunsch, der nicht Sie zum Gegenstand hatte? Wenn mich das Übermaß meiner Leidenschaft blind machte für das, was ich hätte tun sollen, um Ihnen zu gefallen, warum haben Sie es mir nicht gesagt? Wenn es in meinem Geschmack, meinem Auftreten, meinen Gewohnheiten irgendetwas gibt, das Sie verletzt hat, warum haben Sie es mir vorenthalten? Warum haben Sie mich des Glückes beraubt, Ihnen alles zu opfern? Meine Eifersucht ist lästig, ich weiß; aber sollte nicht die Quelle, die sie speist, Sie zur Vergebung bringen? Wenn es das ist, was Ihnen missfiel, sollten Sie sich nicht wenigstens darüber beklagen? Das aber haben Sie nie getan, erinnern Sie sich, mein Freund! Womöglich hätte ich mich nicht beherrschen können, aber ich hätte es versucht, und wenn dieses Bemühen meine Kräfte überstiegen, die Eifersucht mich besiegt hätte, wäre es wenigstens nicht Ihr Fehler gewesen, und ich müsste Ihnen nicht diesen grausamen Vorwurf machen.

Aber wo sind Sie, was tun Sie, während meine vom Übermaß der Fantasien zitternde Hand diese Sätze schreibt, die Sie womöglich niemals lesen werden? Sind

Sie bei Madame de B***? Hängt Ihr Blick an ihrem? Machen Sie ihr Versprechungen? ... Nein, nein, das ist unmöglich. Ihre Abwesenheit, Ihr Schweigen sind unerklärlich; aber ich werde alles glauben, ehe ich mich damit abfände, dass dieses Weib das geringste Gefühl in einer Seele wecken kann, die das Feuer der meinen gewohnt ist.

18. Brief

Manchmal ist mir, als quälte ich mich vergebens, als werde alles sich aufklären ... Oh, mein Geliebter, wenn dem so wäre, würde die Liebe dich verstehen lassen, dass ich, wie ein von den Wurzeln getrennter Baum der teuren Nahrung meiner Seele beraubt, ohne dich zu kränken, mich den Stürmen der Leidenschaft, den Verirrungen der Verzweiflung hingeben konnte.

19. Brief

Lesen Sie, lesen Sie, Unseliger! Erfahren Sie, wie der Zufall endlich Ihre unwürdigen Geheimnisse offenbart. Angstvoll erwartete ich die Rückkehr des Mannes, den ich zu Ihnen gesandt, als ich ihn vor meinem Fenster mit einem Kameraden sprechen sah. Sogleich erkannte ich die Livree von Madame de B***; ich erschauerte, aber eine Eingebung schien meinen Geist zu erleuchten. Eilig schickte ich Charles hinunter, ihn zu befragen. Leider dachte er gar nicht daran, etwas zu verbergen. Können diese Armseligen denn je die Geheimnisse ihrer Herrschaft bewahren? Er hat alles gesagt, verstehen Sie, alles, und sein Bericht passt genau zu dem, der in Ihrem Haus gegeben wurde. Auch sie ist auf dem Lande; auch sie ist heute Nacht abgereist. Sie war es, daran zweifle ich nicht mehr, die Sie abholte. Große, geheimnisvolle Vorbereitungen finden in ihrem Hause statt, niemand weiß, was dahintersteckt; ich aber weiß es: Man erwartet jemanden, und dieser jemand sind Sie …

20. Brief

Sie kamen spät nach Haus, Sie gaben Anweisungen für Ihre Abreise und setzten sich nieder, um zu schreiben. Um ein Uhr brachte man Ihnen einen Brief; einen Brief ... Wenige Minuten später ist dieses Weib gekommen, um Sie abzuholen ... Sie sind mit ihr fortgefahren. Das habe ich soeben erfahren. Dies also war der Gegenstand Ihres langen Gesprächs gestern Abend! Wie blind ich war!

21. Brief

Nun muss ich überlegen, was ich tun, wohin ich gehen, an wen ich mich wenden soll, um mich selbst meines Unglücks zu versichern. Hier bleiben, untätig, eingeschlossen in diese Wohnung, während man mir mein Gut, meine Seele, mein Leben raubt ... O nein, unmöglich. Wohin aber gehen? ... Zu diesem Weibe? ... Lieber sterben ... Zu Ihnen? ... Warum nicht? ... Sie sind nicht da ... Gott im Himmel! Was für eine Eingebung! ... Könnte ich Ihre Leute gewinnen ... Käme ich in Ihr Arbeitszimmer ... Fände ich dort jenen Brief ... Andere Briefe! ... Wie entsetzlich wäre mir dieser Schritt, was aber wäre schlimmer als das, was ich leide?

22. Brief

Meine Entscheidung ist gefallen, nun bin ich ruhiger: ich werde zu Ihnen gehen; Gold wird mir die Türen öffnen. Berichte der Dienerschaft reichen mir nicht aus. Ich brauche Beweise, echte Beweise, Briefe … diesen Brief … ich werde ihn finden, ich muss ihn finden. Wie wohl er mir tun wird! Ich werde ihn aufnehmen, ihn lesen, ihn tausendmal lesen; ich werde meine Augen daran ergötzen, ihn auch an mein Herz drücken; womöglich wird er das Feuer löschen, das es verzehrt …

23. Brief

Zu Ihnen gehen … Es wagen … Ich … Nein, nie! …

24. Brief

Charles ist schon aufgebrochen; ich werde ihm folgen; er kennt Ihre Leute, er wird Gold verteilen, wird alles vorbereiten und mich erwarten. Sein Flehen, seine Tränen, seine Weigerung gar, nichts konnte mich aufhalten. Wen sollte ich schonen? Ich sterbe jeden Moment; sollte mich das Übermaß meines Schmerzes bei Ihnen umbringen, werde ich darin einen gewissen Trost finden; die Vorstellung der Gewissensqualen, die es Ihnen wohl oder übel bereiten muss, wenn Sie mich sterbend in Ihrem eigenen Hause finden … die bloße Vorstellung scheint mein Blut bereits zu erfrischen. Ich breche auf …

25. Brief

Was habe ich getan? Unselige … wo bin ich? Zuhause … Wer hat mich heimgebracht? … Meine Kräfte verlassen mich … ich sehe nichts mehr … ich höre nichts mehr …

26. Brief

Man hat mich zu Bewusstsein gebracht; da bin ich wieder … aber in welchem Zustand, mein Gott! Ich habe gesucht, was ich suchte; ich habe es gefunden; ich bin meines Unglücks gewiss: ich werde es nicht überleben; überdies aber sterbe ich entehrt … verloren … Ihre Leute … Ihr Onkel … Meine Tränen überschwemmen das Papier … Ich muss aufhören, muss meine Erinnerungen wiederfinden, die verwirrten Sinne sammeln …

27. Brief

Aufs Neue greife ich nach der Feder, ich fühle mich so schwach. Charles beschwört mich, nicht zu schreiben; aber kann ich das? Lesen Sie, lesen Sie diesen Brief, es ist der letzte, den Sie von mir erhalten; man wird ihn überbringen, wenn ich schon nicht mehr bin. Erfahren Sie mein Unglück ... Ihres ... O mein Gott!

Womit beginnen? Ich weiß es nicht. Ich sehe kaum, was ich schreibe. Verzweifelt war ich aufgebrochen, ich habe es Ihnen geschrieben: Allein, zu Fuß war ich aufgebrochen; meine Beine zitterten, kalter Schweiß bedeckte meine Stirn, eine geheime Stimme rief mir zu, ich würde ins Verderben rennen. Warum habe ich nicht auf sie gehört? Aber das Bild jenes Weibes, das Sie mitten in der Nacht entführte, ließ mich nicht mehr los. Verstört ging ich den Weg, in solcher Erregung, dass ich schon fast vor Ihrem Haus stand, als ich mich noch weit entfernt wähnte. Wie wenig wissen wir doch in der Verwirrung der Leidenschaft, was wir selbst begehren! Ich brannte darauf, anzukommen, als aber Ihre Tür sich abzuzeichnen begann, als ich mir vorstellte, dass ich vor den Augen der Öffentlichkeit über Ihre Schwelle treten würde, schwand meine Entschlossenheit dahin; das Blut strömte zu meinem Herzen; immer neue Hürden türmten sich vor jedem Schritt auf. Getrieben von meiner Verzweiflung, überwand ich sie dennoch, aber mit so viel Qual und Beklemmung, dass ich nicht weiß, was ich, vor dieser für mich so beängstigenden Pforte angekommen, zu sehen glaubte. Ich dachte, ich würde sterben. In diesem Zustand erkannte ich schemenhaft Charles, der mir entgegenkam, gefolgt von einem Ihrer Leute, dessen Anblick mich endgültig vernichtete. Es ist so hart, vor einem Dienstboten erröten zu müssen! Kaum wissend, was ich tat, eilte ich, die schicksalhafte Schwelle zu überschreiten und dem Manne zu folgen, der mich stumm bis zur Tür Ihrer Wohnung führte. Es dauerte einige Sekunden, bis er den Schlüssel fand; ich glaubte Schritte heraufkommen und herabgehen zu hören, ich stand auf glühenden Kohlen; endlich öffnete er.

Gott! Wie tief sind die Eindrücke, die so heftige Seelenzustände in uns zurücklassen. Ich höre noch das Knarren, mit dem die Tür sich öffnete und hinter mir schloss; es drang bis tief in mein Herz, verjagte meine sinnlosen Ängste. Ich war bei Ihnen ... ich war bei Ihnen! All mein Trachten vereinte sich sogleich in diesem einzigen Gedanken, er ergriff mich mit solcher Macht und so schnell, dass ich einen Freudenschrei ausstieß. Jetzt erst bemerkte ich, dass ich mit Charles allein war: er schien verschreckt. Eifer und Angst verliehen ihm eine Wortgewandtheit, die mich einen Moment rührte. Er drängte mich, auf der Stelle umzukehren, er flehte mich auf Knien an; doch welche Macht auf Erden hätte mich dazu bewegen können? Ich beruhigte ihn, er zog sich zurück, und endlich war ich allein.

Hier zittert meine Hand, meine Stirn bedeckt sich mit Röte. Auf welche Abwege führt einen die Liebe? Sie ließ mich Ihre Leute bestechen, in Ihre Wohnung einbrechen, alles vergessen, was ich mir selbst schuldig war. Und doch war dies erst der Beginn meiner Schande. Sobald ich mich allein wusste, packte mich ein Rausch der Verzweiflung. Ich suchte die Türen und fand die zu Ihrem Arbeitszimmer; ich trat ein, wagte all Ihre Briefe zu lesen; kein einziges Dokument, das meinem Blick entgangen wäre. Damit nicht genug! Gereizt von der vergeblichen Suche, richtete ich schließlich den Blick auf Ihren Sekretär. Oh, zwanzigmal habe ich ihn abgewandt! Mich vor mir selbst gefürchtet. Der Sekretär war verschlossen, ich probierte alle Schlüssel, die ich finden konnte, einer schließlich öffnete ihn; ich erschauerte und zuckte voll Entsetzen zurück: Es war, als beginge ich ein Verbrechen. Doch was vermag die Eifersucht nicht? Fast augenblicklich kehrte ich zu ihm zurück und das erste, worauf meine Augen fielen (wie kann ich es schreiben, ohne vor Pein zu sterben?), das Erste, worauf meine Augen fielen, war ein offener Brief, unterzeichnet von Madame de B***, jener Brief, den ich suchte und dessen Anblick die schlimmste Erschütterung verursachte, die ich in meinem Leben erfahren habe. O ja, ich hatte es gewiss verdient; war es denn nicht besser, bis zum letzten Atemzug von Ihnen betrogen zu werden? Aber das war noch nicht alles: Obschon ein krampfhaftes Zittern mich hinderte, irgendetwas zu erkennen, ergriff ich den Brief, hielt ihn fest, würde endlich Gewissheit erlangen über mein schlimmstes Unglück, als ein Geräusch, das ich an der Tür vernahm, mich auffahren ließ und mein Denken augenblicklich in eine ganz andere Richtung lenkte. Bei Ihnen überrascht zu werden, in einem solchen Moment, was für eine entsetzliche Vorstellung! Ich schloss den Sekretär so überstürzt, dass ich den Schlüssel im

Schloss abbrach; und als ich mich umwandte, erblickte ich … großer Gott! … Ich erblickte den Mann, den ich am meisten auf der Welt fürchte, den Mann, von dem Ihr Schicksal abhängt, Ihren Onkel also, den Fürsten R***, der wohl, da er keinen Ihrer Leute antraf, die Charles aus Vorsicht weggeschickt hatte, bis zu mir vorgedrungen war und mich nun unverfroren mit überraschter und spöttischer Miene musterte.

Was für ein Moment … Verzeih mir, Freund, verzeih, falls es möglich wäre, dass du mich noch liebst. Aus meinem Herzen war alle Liebe geschwunden; für einen Augenblick wagte ich zu glauben, dass ihre heftigsten Stürme nichts seien neben dem stechenden Schmerz der verletzten Ehre. Ich sah nichts anderes mehr als mein durch dieses unselige Zusammentreffen beflecktes Leben; und zum ersten Mal seit meinem Unglück verließ mich gänzlich der Mut, strömten die Tränen aus meinen Augen …

Ich musste einhalten. Ich glaubte, meine letzte Stunde habe geschlagen. Doch dieses grausame Werk muss vollbracht werden.

Ich weiß nicht, was mit dem unseligen Brief geschah. Ich war auf einen Stuhl niedergesunken, mein Zustand war erbarmungswürdig. Der Fürst, wohl um sich an meinem Schmerz zu ergötzen, tat zunächst, als würde er nichts bemerken; er überschüttete mich stattdessen mit ironischen Entschuldigungen, die, wenngleich ich sie kaum verstand, das Grauen meiner Situation derart steigerten, dass ich meinte, an meinem Schluchzen zu ersticken. Ich wusste nicht, was aus mir werden würde; ganz plötzlich aber wechselte sein Ton, er kam zu mir, bat mich, mich zu fassen und ihm zuzuhören; er nannte mich seine teure Nichte, und um, wie er sagte, unsere Versöhnung zu besiegeln, nahm er meine Hand, die er mehrfach küsste, mit einer Vertraulichkeit, die ihm sonst nicht eigen ist und die in meiner Verstörung plötzlich schrecklichste Befürchtungen weckte. Entsetzt stand ich auf und wollte hinaus. Er widersetzte sich, stellte sich mir in den Weg. In wachsender Panik stürzte ich zur offenen Tür, er aber eilte sich, sie zu schließen, und griff nach meinem Arm, was mich mit solchem Schrecken erfüllte, dass ich mich, was er mir auch sagen mochte, heftig losmachte und flüchtete, schrille Schreie dabei ausstoßend, die sogleich Charles herbeiriefen, gefolgt von allen Ihren Leuten. Nein, ich weiß Ihnen nicht zu beschreiben, was in mir vorging, als ich sie nahen hörte. Ich wünschte mir, die Erde würde sich unter mir auftun, um mich ihren Blicken zu entziehen: Ihr Onkel trat rasch in Ihre Wohnung zurück, aber zu spät, sie hatten uns erblickt. Ich, tränenüberströmt, derangiert, bleich, verstört, verfolgt von einem tollkühnen Greis: Was mochten sie denken? Mein Gott! Konnte die Erniedrigung schlimmer sein? Ich ging an ihnen vorbei, niedergedrückt von der Last meiner Schande; nie zuvor schien mir ein Weg so lang; ein Feuermeer hätte ich leichter durchquert. Es offenbart sich aber zuweilen eine Kraft, die man in sich selbst nicht ahnt: Endlich hatte ich Ihr Haus verlassen; die Tür schloss sich hinter mir, und ich wähnte mich vom grausamsten Schmerz befreit.

Aber nein, das Schicksal wollte mir nichts ersparen. Charles folgte mir; ich sah zu ihm hin und war betroffen von der Erschütterung, die seine Züge entstellte.

Ich erwartete Vorwürfe, ich brauchte sie geradezu; er machte mir keinen einzigen. Wie mich seine Zurückhaltung schmerzte! Sie offenbarte mir das ganze Ausmaß meines Unglücks; ich verstand, dass es keine Heilung gab. Ich sah mich als Gegenstand bald des Hohns von Fürst R***, bald der beleidigenden Spekulationen Ihrer Leute, des Gespötts der nach Bosheit und Skandal gierenden Öffentlichkeit; und sei es, weil dieser bloße Umstand das Maß meiner Qualen voll machte, sei es, weil meine erschöpfte Seele so heftige Erregung nicht mehr ertrug, ich versank in einen Abgrund der Verzweiflung, meine Sinne und meine Kräfte verließen mich zur gleichen Zeit.

An den Rest erinnere ich mich nur wie an einen Traum. Ich war im Delirium, vernahm nur ein Stimmengewirr. Ihr Bild, das des Fürsten R*** und, was mich verwirrt, des jungen Alfred standen mir immer vor Augen. Ich weiß nicht mehr, wie ich in die Kutsche gelangte, die mich nach Hause brachte. Ich weiß nur, dass, kaum dort angekommen, meine zitternden Beine mich zu diesem Tisch führten, an dem ich Ihnen so oft geschrieben habe, ich ergriff eine Feder und begann diesen Brief. Nun wissen Sie alles; was ich jedoch gelitten habe, indem ich so viel Affront und Schande zu Papier gebracht, denen ich mich für Sie aussetzte, das weiß nur ich allein.

Gehen Sie nun, gehen Sie zu Fürst R***, da er alles weiß, eilen Sie, ihn zu beruhigen und sich für das Unglück zu rechtfertigen, mich geliebt zu haben. Klagen Sie mich an, opfern Sie mich; ich werde alles auf mich nehmen, werde nichts leugnen, wenn ich nur nicht die Ursache Ihres Ruins bin und Sie meinem Angedenken keine Vorhaltungen zu machen haben; denn all diese Schläge werde ich nicht überleben.

Ich beschwöre Sie auch auf Knien, bei allem, was Ihnen auf Erden teuer war und ist, gleich, ob er meine schreckliche Situation ausnutzen wollte oder nicht, bewegen Sie ihn dazu, das Geheimnis dieses unseligen Zusammentreffens zu wahren, und bringen Sie Ihre Dienerschaft zum Schweigen, was immer Sie dafür auch zahlen müssen! Mag ich auch verloren sein; mag ich vergehen unter der Last meiner Schande und meines Unglücks; entehrt will ich nicht sein, wenn ich nicht mehr bin. Das ist der einzige, der letzte Dienst, den Sie mir erweisen sollen; danach werde ich gelassen sterben; glücklich, ein Leben zu verlieren, das ich nicht mehr Ihnen weihen kann.

Adieu … endlich ist der grausame Bericht vollendet, und erneut verlassen mich meine Kräfte. Anscheinend habe ich nur einen Rest davon bewahrt, um Ihnen mein Unglück zu schildern. Adieu zum letzten Mal … Zum letzten Mal! … Bei diesen schrecklichen Worten verwirren sich meine Sinne, leert sich mein Kopf … zerreißt mir eine eiserne Hand das Herz. Ich werde also sterben? … Ja … Diesmal ist es so weit und ich danke dem Himmel … Ich sterbe in Verzweiflung.

28. Brief

Wie unerklärlich ist doch das menschliche Herz. Nun bin ich fast wieder ruhig. Nach dieser so heftigen Krise, die die letzte meines Lebens sein sollte, hat wieder die Natur ihr Recht geltend gemacht; ich sank in tiefen Schlaf, konnte eine Stunde verbringen, ohne an Sie zu denken. Und als ich erwachte, wusste ich nicht mehr, was mir geschehen; spürte ich nur, dass es ein großes Unglück war; die vagen, wirren Erinnerungen verloren sich in der Unordnung meiner Gedanken, die ich endlich wieder fand: aber die Verfassung des Körpers wirkt auf die der Seele. Man empfindet nicht zweimal denselben Schmerz. Nicht Verzweiflung spüre ich mehr in mir, sondern maßlose Verwunderung. Ich kann nicht fassen, dass Sie nicht da sind, dass ich Sie nicht erwarte, dass Sie nicht dieses Zimmer betreten, in dem alles, worauf mein Blick fällt, vom heiligen Feuer unserer Liebe gezeichnet ist. Nicht einmal die Erinnerung an dieses Weib, den Brief, die unwürdigen Begegnungen, die ich bei Ihnen hinnehmen musste, reißen mich aus diesem Zustand. In einem Moment bedeckt sich meine Stirn mit tiefer Röte, im nächsten empfinde ich nur noch Gleichgültigkeit. Ich komme an diesen Tisch und schreibe Ihnen, das ist alles, das ist der einzige Gedanke, der mir bleibt. Ich weiß nicht, wohin ich Ihnen diese Briefe schicken soll, ich weiß nicht, wann Sie sie erhalten, aber ich schreibe Ihnen, das genügt mir. Die

Buchstaben, die ich zeichne und die Sie lesen werden, sind wie ein Band zwischen Ihrer Seele und meiner, und dieser Gedanke verdrängt alle anderen.

Sie sehen also, ich bin da, ich lebe noch; es kommt mir vor, als würde ich nicht mehr leiden. O ja, gewiss gibt es einen Punkt, nach dem selbst die Verzweiflung uns nicht mehr anficht. Trotzdem werde ich Ihnen nicht mehr schreiben, nein, ich werde Ihnen nicht mehr schreiben; ich habe Ihnen nichts mehr zu sagen. Was hätte ich Ihnen noch zu sagen?

29. Brief

Wenn ich Ihnen nicht mehr schriebe, was täte ich mit meiner Zeit, mit mir selbst? Die Liebe nimmt so viel Platz ein im Leben. Erst wenn sie nicht mehr da ist, spürt man die Last der langen Minuten, die ohne sie verstreichen müssen; erst wenn wir sie verloren haben, sehen wir, was das Ziel all unseres Handelns, der Zauber all unserer Gedanken, der Herd all unserer Gefühle war; dann erst begreifen wir wirklich ihre wahren Wonnen, begreifen, dass wir, der geliebtesten Hälfte unserer selbst beraubt, durch die Leere unserer Seele irren und nur noch traurige, enttäuschte Blicke um uns werfen. Eben dies empfinde ich nun. Sie lieben mich nicht mehr, alles ist anders für mich, ich bin nicht einmal mehr, was ich war, ehe ich Sie traf. Ich habe nicht mehr die Kraft, den Mut, der mich, wie man sagt, vor anderen Frauen auszeichnete. Ich habe sogar meinen edlen Stolz verloren, der so oft mein Blut beim bloßen Gedanken an eine auch nur eingebildete Kränkung in Wallung brachte. Sie verlassen mich und ich weine, Sie kränken mich und ich will sterben. Gestürzt vom hohen Sockel der Liebe, bin ich auch von mir selbst herabgestürzt, ich kehre auf den gewöhnlichen Weg des Lebens zurück, bin nur noch ein gewöhnliches Weib.

30. Brief

Herr im Himmel, was wird aus mir? Wer schützt mich vor meinem Unglück, vor mir selbst? Ich weinte, doch ich wähnte mich ruhig. Plötzlich schlug die Stunde, da Sie jeden Tag zu mir zu kommen pflegen, und wieder bohrten sich alle Dolche der Eifersucht mit einem Mal in mein Herz. Seit diesem Augenblick lebe ich in einer Verwirrung, die mich entsetzt. Kein Vorhaben, das mir nicht in den Sinn käme; Furcht, Delirium, schreckliche Ideen besetzen abwechselnd mein Denken. Ich komme, ich gehe, ich lausche, ich erschaure beim leisesten Geräusch. Bald verliere ich allen Mut, möchte ich laute Schmerzensschreie ausstoßen. Vorhin hielt es mich nicht mehr in dieser Wohnung: ich wollte hinaus … um wohin zu gehen? … Ich weiß es nicht … Womöglich noch einmal zu Ihnen. Überstürzt eilte ich die Treppe hinab, aber an diesem schrecklichen Tag kann ich keinen Schritt setzen, der mir nicht zu Schande oder Verzweiflung gerät: ich sah jemanden kommen; es war Alfred … Alfred! Was wollte er von mir? Entsetzt rannte ich hinauf, ich verbot, ihn einzulassen, und fand mich, ich weiß nicht wie, in meinem Kabinett wieder. Hier haben meine Gedanken wiederum die Farbe gewechselt; diesmal jedoch, mein Freund, war es Vernunft, reine Vernunft, die mir Aufklärung brachte. Da ich mich in diesem Sanktuarium der Kunst sah, umgeben von Gegenständen, die so lange mein Glück und meine Freude ausgemacht hatten, fiel gleichsam ein weiterer Schleier von meinen Augen und ich fühlte mich erröten; ein Gefühl von gekränktem Stolz, was sage ich?, von heißem Zorne packte mich. Ich läutete, wollte Alfred zurückrufen lassen. Ich war empört über meine eigene Furcht, mich vor aller Augen zu zeigen. Wären Sie in diesem Moment hereingekommen, hätten Sie sich flehend mir zu Füßen geworfen, ich glaube, ich hätte Sie weggestoßen; ich glaube es wirklich. Voller Hochmut schritt ich umher, warf zufriedene Blicke auf alles, was mich umgab … Was aber sind die Chimären des Hochmuts neben den Beklemmungen der Liebe? Nicht wissend, wie dieses eitle Gerüst mit einem Mal zusammenbrach, sank ich sterbend auf einen Stuhl … Er ist immer noch feucht von meinen Tränen.

31. Brief

Die Stunden vergehen, die Nacht kommt heran, nichts! Keine Zeile, kein Wort, keine jener banalen Aufmerksamkeiten, die selbst Gleichgültigkeit dem unglücklichen und leidenden Herzen nicht verweigern würde. Nun denn, adieu!

Adieu, Undankbarer, feiger, unwürdiger Geliebter! Ein grausames Spiel hast du dir aus allem gemacht, was es an Heiligem auf dieser Welt gibt, aus dem Glauben an Versprechen, aus der Ehre einer Frau, der Erregung der Liebe, den Ergüssen einer reinen Seele, die zu dir nur strebte! O nein, dieses Verbrechen des Herzens kann nicht unbestraft bleiben. Die Natur unterwirft ihr Gesetz nicht der wilden Unbeständigkeit der Menschen. Zwischen zwei Wesen, die sich geliebt haben, gibt es heilige, nicht dem Willen gehorchende Bande, die man nicht einfach so zerreißt und die zur Qual des ungetreuen Geliebten sein Herz noch fesseln, wenn er sie schon lange zerstört wähnt.

Das ist das Schicksal, das dich erwartet, das ist es! Mein Bildnis wird dich bis in die Arme jenes Weibes verfolgen, nie wirst du, ohne zu erschauern, den Orten begegnen, die wir gemeinsam besuchten. Sogar in Gesellschaft, in der frivolen Welt, wo das Vergessen des Kummers die erste Pflicht zu sein scheint, wird ein Wort, die Geste einer anderen Frau mich vor dein Auge rufen, wird dich die Form, die Farbe eines Gewandes ungewollt erbeben lassen. Ist es Ehrgeiz, der mir dein Herz raubt (und das ist möglich), so wird er für dich eine neue Quelle der Folter werden; bist du glücklich, werde ich zu deinem Glück fehlen; wirst du geehrt, werde ich zu deinem Ruhme fehlen; wirst du unglücklich, werde ich zu deinem Troste fehlen; denn die wahrhaftige Liebe besteht aus so vielen Dingen. In jedem Augenblick wirst du spüren, dass es dem Menschen nicht gegeben ist, zweimal eine Seele zu finden, die in allem mit der seinen im Gleichklang ist; diese Vorstellung wird sich jeder Erinnerung an mich anhaften, und zu deinem Unheil wird sie mich mit viel stärkeren Reizen ausstatten, als ich sie je besaß. Immer stärker wirst du den eitlen Liebreiz übertreiben, jene Gaben vor allem, die den Männern so sehr schmeicheln und ob derer die liebende Frau so wenig Umstände macht. Die ganze Welt, die Welt, in der du mich nicht mehr sehen wirst, wird für dich nur endlose Einsamkeit sein; noch bei deinem letzten Seufzer wirst du mich vermissen; ich aber, in dem Grab, in das du mich hinabstößt … (das ist kein bloßes Wort, kein leerer Ausdruck. Lange kann ich nicht mehr in dem entsetzlichen Zustand leben, der der meine ist. Charles, der mir nicht von der Seite weicht, meine Mägde, die mich umringen und weinen, alles sagt mir, dass mein Unglück mit meinem Leben ein Ende finden wird.) … Ich aber, in dem Grab, in das du mich bringst, ich werde wenigstens nur den Schmerz mit mir nehmen, betrogen worden zu sein.

32. Brief

Komm zu mir zurück! Komm zurück, ich beschwöre dich! Dieses Weib hat dich verführt, ich sehe es ein; du konntest wohl nicht widerstehen: dies sei, so sagt man, das grausame Privileg der Männer. Nun gut, der Himmel weiß, welchen Schmerz mir dieser Gedanke bereitet; aber es gibt keinen grausameren für mich als den, dich zu verlieren … Komm zurück, ich beschwöre dich … Meine Arme, mein Herz stehen dir offen; mein Feuer, meine Tränen werden dich von dieser unwürdigen Entweihung reinigen. Komm zurück! Fürchte nicht meine Vorhaltungen, keine einzige wirst du vernehmen, ich werde alles vergessen; mein Mund wird sich nur auftun, um dir von meinem Glück zu künden. Was wäre Vergebung, müsste sie so teuer erkauft werden? Und wenn du die Schande der Reue fürchtest (denn oft mischt sich der Stolz der Männer mit ihren zärtlichsten Gefühlen), so lass sie mich nur erahnen, und ich werde dir noch den kleinsten Schritt ersparen. Wo du auch sein magst, auf dem Land, bei dir, bei diesem Weibe, ich werde fliegen, dich ihren Armen zu entreißen. Ich werde alles auf eine Karte setzen, ich spüre es; ich werde mich erneut dem Tadel, dem hohlen Gerede der Gesellschaft aussetzen, aber was ist das schon gegen das, was ich leide? Hat uns die so gefürchtete Gesellschaft je für die Opfer entschädigt, die wir ihr bringen? Ja, sag ein Wort, und ich breche auf. Ich werde dich suchen, ich werde dich finden; ich werde dich bei diesem Weibe finden; ich werde es nicht ertragen, ich fühle es: sterbend werde ich vor dir niederfallen. Aber du wirst mich nicht zurückweisen, nein, du wirst mich nicht zurückweisen und ich werde gerettet sein.

Sag mir, sag mir doch, dass du mich nicht zurückweisen wirst, mein Engel, meine Seele, mein Leben! Wie solltest du deiner Freundin in ihrem letzten Atemzug widerstehen? Wie könntest du ihre glühenden Hände die deinen umklammern spüren, ohne bis in die Tiefe der Seele berührt zu sein? Wie könnten unsere Blicke sich begegnen, ohne dass wir, unwillkürlicher Anziehung folgend, einander in die Arme fliegen würden? Gibt es nicht zwischen den Liebenden eine geheimnisvolle Seelenverwandtschaft, die nichts zu erklären vermag? Und wenn dem nicht so wäre, wer sagt mir, dass nicht der Gedanke an den Schmerz, den du mir zugefügt, dein Herz berührt hat und du in diesem Augenblick zu mir zurückkommst? Denn du bist nicht unempfindlich, du bist es nicht; ich hätte dich nicht geliebt, hätte nicht das Feuer der Empfindsamkeit aus deinen Zügen gestrahlt, jenes göttliche Feuer, das sich mit keinem anderen verwechseln lässt. Ach, wie gut mir diese Gedanken tun. Wie sehr ich ihrer bedurfte. Ja, jetzt bin ich entschlossen. Ich will alles auf eine Karte setzen, ich will dir diesen Brief schicken, ich will ... Aber ich höre jemanden ... Wenn du es wärest ... Nein, man sagt mir, es sei Alfred; Alfred, immer wieder Alfred! Was will er von mir? Was kann er von mir wollen? Beharrt er also darauf, mich zu verfolgen? Ich will ihn nicht sehen; ich will niemanden sehen!

33. Brief

Es ist geschehen! Diesmal ist alles verloren ... Der Schlag war entsetzlich; aber er ist eine Wohltat des Himmels: er hat mich mir selbst zurückgegeben, ich habe all meinen Mut wiedergefunden.

Es war Alfred, ich sagte es Ihnen. Ich lehnte ab, ihn zu sehen, er beharrte, ich verweigerte mich erneut, war verwundert, suchte zu erraten, was er mir wohl zu sagen hätte. Erregt lief ich auf und ab, und als ich an einer offenstehenden Tür vorbeikam, hörte ich ihn mit Charles reden. Beim Klang seiner Stimme, bei einigen seltsamen Worten, die er aussprach, geschah etwas Außerordentliches mit mir. Tausend wirre Erinnerungen tauchten in meinem Geiste auf. Kaum war er gegangen, ließ ich sogleich Charles kommen, um ihn auszufragen. Ach, warum tat ich es nicht früher? Unselige! Nichts fehlt mehr zu meiner Schande! Alfred ist ihr Zeuge, und, Gipfel des Grauens, ohne ihn wäre sie öffentlich geworden. Er war zu mir gekommen; der Zufall führte ihn auf meinen Weg, als ich eben Ihr Haus verließ; ich war wie im Delirium; er erblickte mich, er eilte mir zu Hilfe, schob wütend die müßige und neugierige Menge beiseite, die mich bereits umringte, er widerstand sogar dem Fürsten R***, der herbeigestürzt war und wollte, dass ich in Ihre Wohnung zurückkehrte, er nahm mich in die Arme, trug mich in seine Kutsche und hieß auch Charles darin einsteigen. Er setzte sich neben mich, er war blass und zitterte, sagte kein einziges Wort, und als er sah, dass ich meine Sinne wiederfand, verschwand er und überließ mich Charles' Fürsorge. Dies also habe ich soeben erfahren, und jetzt erinnere ich mich wie an einen entsetzlichen Traum, den ein Zufall unverhofft in meinen Gedanken nachzeichnet. Was wird aus mir? Ich weiß es nicht. Meine Zukunft, mein Leben sind in den Händen des Schicksals, in den Ihren; aber ich muss vor allem meine Ehre retten. Ich muss die Ehre der Frau retten, die Sie geliebt haben. Wenn ich das Gegenteil sagen, wenn ich es denken konnte, so täuschte ich mich, führte mich der Schmerz auf Irrwege. Die verzweifelte Liebe lässt einen den Tod begehren; sie kann ihn zweifelsfrei gewähren; aber die Ehre! ... O ja, die Ehre ist noch ganz etwas anderes. Sie ist nicht nur in der Seele, sie ist im Blut; sie wird mit uns geboren, sie muss uns überleben, und der letzte Schlag unseres Herzens muss uns noch die Kraft geben, sie zu verteidigen. Soeben habe ich dem jungen Mann geschrieben. Ich habe ihn gebeten, unverzüglich zu kommen. Ich erwarte ihn, ich werde ihm nichts verheimlichen; er wird erfahren, dass er mich aus Ihrem Haus kommen sah und dass ich in diesem schrecklichen Zustand war, weil ich Ihnen mein Herz geschenkt hatte, weil ich Ihnen meine Hand schenken wollte, weil Sie mich schändlich verraten haben; er wird meine Verzweiflung sehen, er wird alle Gründe dafür erfahren; und der Ausdruck der Wahrhaftigkeit, der aus jedem meiner Worte sprechen wird, wird sie bis in sein Herz dringen lassen. Vielleicht wird er mir großzügig Hilfe anbieten, um dieses schreckliche Geheimnis vollständig aufzudecken; und wenn ich es nicht überlebe, wird sich wenigstens eine Stimme zu meiner Verteidigung erheben und mich in den Augen des Fürsten R***, der Madame de B***, der ganzen Welt rechtfertigen. O ja, dieser Entschluss bringt Ruhe in mein Blut. Welche Last wird mir von den Schultern genommen sein, wenn ich dem jungen Mann alles offenbart habe! … Aber warum kommt er nicht? Wie endlos sind die Minuten der verletzten Ehre. Sollte man ihn nicht gefunden haben; sollte er nicht zuhause sein … Ich bin außer mir … Wer hätte mir gestern gesagt, dass ein anderer als Sie in mir je so außerordentliche Regungen wecken könnte … Aber ich höre jemanden … Er ist es! … Großer Gott … Ein junger Mann … zu dieser Stunde. Allein! … Was habe ich getan? … Sie werden alles erfahren; ich werde Ihnen bis zu meinem letzten Seufzer schreiben; Sie werden alles erfahren …

34. Brief

Gott im Himmel, wer hätte es geglaubt? Ich habe Sie nicht getroffen, und doch ist Ruhe in meine Brust zurückgekehrt. O ja, eine großmütige Seele ist ein schönes Geschenk der Götter. Wie sehr verdient es dieser junge Mann, glücklich zu sein. Mit welch nobler Ergebenheit hat er dem heißesten Drängen seines Herzens entsagt, um dem meinen den Balsam der Hoffnung zu bringen. Wie denn? Ich sollte die verloren geglaubte Ehre zurückgewinnen? Wie denn? Sie liebten mich noch? Ja, wenn ich Ihrem direkten Rivalen glaube, einem auf die Erde herabgestiegenen Engel, dessen Beredsamkeit meinen verwirrten Geist neu belebt und der mich gezwungen hat, an meinem Unglück wenigstens zu zweifeln. Aber damit nicht genug; nichts hält eine gute Seele auf, die den Gedanken an eine gute Tat hegt. Er will nun selbst dafür Sorge tragen, mein Glück zu beschleunigen. Er ist unglücklich, er kennt den Preis einer Minute kürzeren Leidens; er ist fortgeeilt; er geht zu Madame de B***, zu deren Freunden, zu Ihren. Um welchen Preis auch immer, er wird alles erfahren. Er wird mir nichts verbergen, das habe ich verlangt, er hat es mir versprochen, und in spätestens einer Stunde wird er kommen, mir entweder das Leben oder den Tod zu bringen.

Was soll ich Ihnen noch mitteilen? Alles, ja, alles, Sie sollen alles wissen. Dieser junge Mann liebt mich, und wenngleich es in meinem Herzen keine Faser gibt, die Liebe für einen anderen als Sie empfinden könnte, sollen Sie wissen, was er mir gesagt hat, aber ich weiß selbst nicht, was ich empfinde; ich bin trunken vor Freude, vor Hoffnung, vor Furcht: ich muss aufstehen, mich regen, atmen, mich an den Gedanken meines Glücks gewöhnen; muss imstande sein, von etwas anderem zu reden. Oh, mein Freund! Gestern so innig geliebt, so glücklich, heute in einem so grausamen Zustand; gezwungen, eines Fremden Hilfe in Anspruch zu nehmen, eines in mich verliebten Mannes, um mich Ihrer Liebe zu versichern. Welche Folge unseliger Zauberei brachte mich in diese Situation, die ich kaum verstehe …

Er kam also zu mir herein, wie ich Ihnen noch schrieb; er kniete vor mir, ehe ich auch nur den Gedanken fassen konnte, ihn daran zu hindern. Plötzlich fiel mir sein Brief vom Morgen ein (wer würde es glauben? Ich hatte ihn vergessen). Ebenso verwirrt wie er, hieß ich ihn aufstehen und sich setzen, dann hob ich zu meinem schmerzlichen Geständnis an. Ich weiß noch, dass ich zögerte, dass ich stammelte, dass ich nicht wusste, welche Worte wählen; aber ich musste mich nicht lange erklären, er verstand mich schon bei den ersten Silben. Ich sah ihn erbleichen; er stand auf, verbarg sein Gesicht in den Händen, stürzte hinaus und ließ mich in einer Bestürzung zurück, die bald zu wahrhafter Verzweiflung anwuchs. Verlassen von dem, in den ich all meine Hoffnungen gesetzt, von dem einzigen Menschen, zu dem ich von Ihnen hätte sprechen können, bestand meine erste Regung darin, ihm zu folgen und ihn zu zwingen, mir zuzuhören. Das war zuviel, jetzt spüre ich es; aber es ist so schwer, bewegt von heftigstem Gefühl das richtige Maß zu wahren. Ich erreichte ihn beizeiten und hielt ihn mit der Kraft des Schmerzes zurück, beschwor ihn, umzukehren. Er blieb stehen und rührte sich nicht; je länger ich sprach, desto weniger schien er mir zuzuhören. Schließlich, was ich auch sagte, entfernte er sich, oder besser, flüchtete er erneut; und ich ... ich ... Was die Liebe uns tun lässt, würde uns oft entwürdigen, wäre nicht die Quelle unseres Tuns so heilig ... Ich, einst so stolz, geachtet, anerkannt, ich wusste nur noch zu rufen und ihm die flehenden Hände entgegenzustrecken: »Alfred! Ich bin unglücklich ... Seien Sie wenigstens mein Freund, mein großmütiger Verteidiger!«

O Zauber des Gefühls, o Macht des zärtlich liebevollen Worts. Kaum hatte er mich gehört, machte er kehrt; er musterte mich einen Augenblick, dann sank er vor mir nieder und sagte mit gequälter Stimme, die mir noch immer im Ohr klingt: »Befehlen Sie! Ich habe Ihnen meine Seele, mein Leben geweiht, was wiegt daneben alles andere?« Nach diesen Worten schienen ihm die Sinne zu schwinden. Niedergedrückt von der eigenen Verwirrung hatte ich kaum die Kraft, ihm die Hand zu reichen; er ergriff sie und wollte sie an den Mund führen; eine brennend heiße Träne fiel darauf nieder; ich zog sie ohne ein Wort zurück, ich hatte keine Worte mehr und fühlte mich so elend! Eilig ging ich in mein Kabinett zurück, wohin er mir folgte, und erst nach langem Schweigen konnte ich meinen traurigen Bericht fortsetzen.

Er hörte mir aufmerksam zu. Jedes Wort, das ich sagte, belebte in mir das Gefühl meines Unglücks, bald aber fand ich meine Kraft und meinen Mut wieder und enthüllte ihm die ganze Wahrheit. Meine Ängste, meinen Schmerz, meine tollkühne Unternehmung, ich offenbarte ihm alles; doch nichts schien ihn zu rühren: nur als ich von diesem Weibe sprach und von den Beweisen, die ich für Ihre Niedertracht zu haben glaubte, lächelte er melancholisch, und sanftes Mitleid legte sich auf sein Gesicht. Wie gut es mir tat, mein Gott. Wie innig ich wünschte, er möge mich lächerlich und unvernünftig finden. Mit welcher Inbrunst suchte ich dies Gefühl in seinen Augen. Er wandte sie zunächst ab, als fürchtete er, sich zu entblößen; dann aber erhob er sich über sich selbst und ergriff das Wort im Tone einfacher, unwiderstehlicher Wahrhaftigkeit, der alle Chimären wie einen Traum auslöscht, er bewies mir, kaum weiß ich wie, dass meine lebhafte Einbildung alles erfunden, dass Sie mich unmöglich für Madame de B*** verlassen könnten. Er konnte mich sogar im Hinblick auf die Folgen meines unseligen Besuchs bei Ihnen beruhigen, und er fügte hinzu (das sind seine eigenen Worte, mein Freund), wenn es denn möglich wäre, dass meine Ehre dadurch angegriffen sei, würden Sie in jedem Fall einen Fehler, den allein die Liebe mich begehen ließ, bald beheben, was immer auch die Folgen wären.

Oh, wie schön ist die Rolle des Trostspenders. Wie gut steht sie dem Menschen zu Gesicht. Wie sehr erhebt sie ihn. Wie bringt sie ihn der Vorstellung nah, die wir uns von der Göttlichkeit machen. Alfred erschien mir in diesem Moment als überirdisches Wesen. Während er sprach, öffneten sich meine Augen, die Ereignisse liefen ganz natürlich vor mir ab, und Hoffnung senkte sich wie ein wohltuender, ruhiger Bach in meine

Brust und entspannte alle Saiten meiner Seele. Das Glück, das ich wiederzufinden begann, verstärkte jedoch mein Bedürfnis, so viel Rätselhaftes aufzuklären. Alfred allein war dazu imstande, ich spürte es, wagte es jedoch nicht auszusprechen. Er verstand mein Schweigen. Er ging, ich sagte es, ich erwarte ihn, das ist alles.

35. Brief

Wie? Ich sollte Sie wiedersehen? Sie sollten Ihren Platz an meiner Seite wieder einnehmen? Wir sollten die langen Stunden reiner Wonne wiederfinden, die süßen Ergüsse unserer Seelen; das Schweigen gar, das unsere Blicke bezauberte und nach dem das erste Wort, so zärtlich es auch war, uns immer so kalt und gleichgültig klang? O Gott … Sollte das möglich sein?

36. Brief

Ja, mein Freund, süße, geliebte Hälfte meiner selbst, ich war ungerecht, ich spüre es; und ich genieße es, dir das zu sagen, ehe Alfred zurückkehrt. Eines Tages, wenn wir in der Ruhe unserer glücklichen Zweisamkeit von diesem schrecklichen Unwetter sprechen, will ich dich daran erinnern können, dass mein Herz dich von sich aus verteidigte und dass deine Freundin, selbst unglücklich, selbst verlassen und bereit, dem Übermaß des Schmerzes zu erliegen, eher an der Stimme ihrer Sinne zweifelte als am Herz dessen, den sie liebt.

37. Brief

Lesen Sie!

Madame,
meine Hand zittert, während sie diesen Brief schreibt. Den grausamen Schlag, den Sie mir versetzten, konnte ich ertragen; Sie waren unglücklich und Sie bedurften meiner; doch gänzlich schwindet mir der Mut beim Gedanken an den Schmerz, den ich Ihnen zufügen werde. Es übersteigt meine Kraft, den grausamen Auftrag persönlich auszuführen. Dieser Brief wird mir vorauseilen; ich aber folge ihm bald, um Ihnen den Trost eines Herzens zu bringen, das sich daran gewöhnt hat, Sie ohne Hoffnung zu lieben.

Ich habe für Sie getan, was keine Macht auf der Welt mich hätte tun lassen können. Ich habe die Diener von Madame de B*** bestochen. Sie haben mir erzählt, was sie wissen, rechnen Sie mit dem Schlimmsten.

Tatsächlich, mit Madame de B*** ist Ihr Freund heute Nacht aufgebrochen; doch eine andere Dame, die niemand erkannte, begleitete sie. Sie fuhren aufs Land, wo mehrere Freunde sie erwarteten. Madame de B*** schickte dann all ihre Diener in die Stadt zurück, mit Ausnahme von ein paar Vertrauten; ganz aber konnte man den Grund der Geheimniskrämerei nicht vor ihnen verbergen. Im Namen des Himmels, Madame, wappnen Sie sich: Meine eigene Erregung steigert sich ins Unermessliche, so sehr werden Sie leiden, diese Worte zu lesen. Madame de B*** muss heute Nacht heimlich geheiratet haben. Man weiß nicht wen; jedoch sind alle heute morgen in die Stadt zurückgekehrt, zurück blieben nur diese Dame und Ihr Freund, eben dieser Umstand bestimmt die Meinung über ihn. Man sagt sogar, Fürst R*** habe dies als Preis für die Regelung der Familienfehden gefordert, die nun erfolgt sei, und er werde heute Abend ein Fest geben, wo die Ehe verkündet wird.

Ich verberge Ihnen nichts, Madame; Sie haben es verlangt und ich glaube, dass Ihre Seele eher ein großes Unglück ertragen wird als noch längere Ungewissheit; aber ich flehe Sie auf Knien an, warten Sie, ehe Sie etwas glauben, bis ich selbst mich der Wahrheit dieser Gerüchte versichert habe, die auch einfach nur törichte Vermutungen sein können. Fürst R*** gibt heute in der Tat ein Fest. Mehrere Personen, die ich getroffen habe, werden dort sein. Ich werde mit meiner Kutsche an seiner Tür stehen, in der Menge wird das nicht auffallen, und von dort aus erkennen, wer ankommt. Ein Vertrauter wird seinerseits beobachten und sich informieren, und sollten Madame de B*** und Ihr Freund erscheinen, sollte sich das Gerücht von ihrer Heirat bestätigen, Sie haben mein Wort, ein Wort, das ich nie gebrochen habe, dann werde ich es Sie auf der Stelle wissen lassen.

Und schließlich sollen Sie auch erfahren, was ich selbst soeben vernahm. Möge die gekränkte Ehre Ihnen den Mut geben, den Sie brauchen werden. Ihre Liebe, die sich unter tausend Umständen verraten hat, ist nur noch für wenige Menschen ein Geheimnis, und wenn es wahr wäre, dass Ihr Freund Sie so schnöde verlassen, wenn er den Engel, den der Himmel ihm in seiner Güte schickte, so verkannt hätte, dann bedürfte es nicht der Verzweiflung; Ihre Ehre verlangte nach einer aufsehenerregenden Wiederherstellung. Es bleibt mir also ein Glück auf Erden. Ich kann Sie rächen oder für Sie sterben.

Alfred, Graf von ***

Antwort

Nein, nein, rächen Sie mich nicht. Ich will wenigstens ohne diesen schrecklichen Gedanken sterben …

38. Brief

Die Liebe … Was ist die Liebe? … Eine Laune, eine Grille, eine Überraschung des Herzens, vielleicht der Sinne; ein Zauber, der sich über die Augen legt, der sie blendet, sich an die Züge, die Gestalt, gar die Kleidung eines Menschen heftet, mit dem der Zufall allein uns zusammenführt. Wir begegnen ihm nicht? Nichts sagt es uns, nichts verwirrt uns … wir leben weiter, existieren, suchen unser Vergnügen, finden es, setzen unsere Laufbahn fort, als würde nichts uns fehlen … Die Liebe ist also keineswegs unverzichtbar für das Leben, sie ist nur ein Umstand darin, eine Unordnung, eine Episode … was sage ich? Ein Unglück! Eine Krise … eine schreckliche Krise … sie vergeht, das ist alles.

39. Brief

Dank, Dank dir, mein Freund! Ich hatte dir mein ganzes Dasein geweiht; ich verbrachte mein Leben damit, dich zu erwarten, dir zu schreiben, mich mit dir zu beschäftigen. Kamst du herein, verwirrte unsägliche Freude meine Sinne, meine Seele schien mit deiner zu verschmelzen; als elende Sklavin meiner vornehmsten Fähigkeiten beraubt, suchte ich auf deiner Stirn meine Wünsche, meine Gefühle, jede Empfindung abzulesen. Dank, dank dir! Fortgetragen von einer wahnsinnigen Liebe in eine ideale Welt, zu deren Gottheit ich dich gemacht hatte, war der Rest des Universums für mich nicht mehr da. Das Licht des Geistes, die Großartigkeit der Natur, alles, was den Menschen erhebt und adelt, war in meinen Augen nur eitler Genuss, wie er gewöhnlichen Seelen vorbehalten; vor diesem Thron der Liebe, auf den ich dich gesetzt hatte, erschien mir der Tod in deinen Armen (wie oft habe ich es wiederholt) tausendmal verlockender als endlose Tage voll Ruhm und Wohlstand. Dank, dank dir! Du hast mich feige verraten. Du hast dich auf deinen Platz gesetzt, mich hast du auf den meinen verwiesen.

40. Brief

Warum die Tränen, die Schreie, die Verzweiflung? Worüber kann ich mich beklagen? Pulsiert nicht mein Leben, mein Blut noch in meinen Adern? Hat sich nicht die Zukunft neu vor mir geöffnet? Ich wurde betrogen? Und wenn, ist es nicht schön, betrogen zu werden? Ist das nicht der Ruhm der reinen Seelen? Wer spricht von Entehrung? Und müsste ich selbst vor einem Ehrentribunal erscheinen, ich sagte nur: *Ich liebte ihn,* und dieser Satz reichte hin zu meiner Verteidigung. Was sagtest du zu deiner?

41. Brief

Welches Herz wird an meinem schlagen? Welche Hand die meine drücken? In welchem Blick werde ich jene Flammen strahlen sehen, die wie göttliche Emanationen tausendfach Freude und Liebe in meine Seele trugen?

42. Brief

Und wenn auch ich mich in die Menge mischte? Wenn ich Sie mit diesem Weibe aus dem Wagen steigen sähe? Wenn ich vor Ihnen meinen Geist aufgäbe, in eben jenem Moment, da die ersten Klänge des Festes an Ihr Ohr drängen? Was denn? Sollte ich mich erneut den Blicken der Dienerschaft aussetzen, die den edlen Schmerz meiner Seele womöglich mit ihrem groben Gelächter beflecken würde? … Nein.

43. Brief

Sie glauben, dass ich mich der Verzweiflung anheim gebe? Nun, Sie täuschen sich. Ich komme, ich gehe, ich lache, ich singe. Da bin ich, geschmückt, in strahlendem Glanz. Ganz plötzlich habe ich mir gesagt: Genau zu diesem Fest muss ich gehen, dort muss ich erscheinen, an der Seite dessen, der in meinem Unglück Mitleid mit mir hatte; und sogleich wurde alles, was der Luxus an Glanz und Herrlichkeit vermag, aufgeboten, um mich schön zu machen. Womöglich zum ersten Mal im Leben habe ich versucht, durch jene eitlen Reize zu gefallen, die mir die Natur geschenkt hat; aber ich habe es voll Leidenschaft, voll Inbrunst versucht. Ich habe mich angeschaut, und ich war geblendet. Ich will, wenn ich auf dem Fest erscheine, dass sich überall ein Raunen der Bewunderung erhebt und bis in dein Herz widerhallt; im Triumphzug werde ich voranschreiten, ich werde dich an der Seite dieser Frau sehen und nur einen Blick der Herablassung und Verachtung für dich haben, wenn ich vorbeigehe.

Nun bin ich ruhig, vollkommen ruhig. Ich habe meine Briefe zusammengesammelt; sie sind schon bei Ihnen. Sie werden sie bei Ihrer Rückkehr vorfinden, Sie werden sie lesen: das wird meine einzige Rache sein, aber sie wird furchtbar.

Man kommt, es ist Alfred. Wie verstört er aussieht!

44. Brief

Freund, dieser Brief ist mein Testament: auf Knien schreibe ich ihn. Sie lieben mich nicht mehr, Sie haben Recht … Dies ist mir soeben geschehen.

Alfred ist der hochherzigste aller Männer; aber er ist ein Mann; und ich … ich bin nur ein schwaches Weib, von der Leidenschaft in die Irre geführt. Als er hereinkam, wähnte ich mich erhaben; kaum jedoch nahm ich die Blässe seiner Stirn wahr, begann mein Blut zu erstarren, und als er mir offenbarte, dass er Sie soeben mit diesem Weibe aus der Kutsche steigen sah, Sie beide heiter und festtäglich gekleidet (denn das hat er mir gesagt); als ich verstand, dass sich das Gerücht Ihrer Hochzeit überall verbreitet hatte und jede Hoffnung für mich dahin war; da habe ich nichts mehr gesehen, nichts gehört; reglos stand ich da, verloren und allein, allein mit einem jungen Mann mitten in der Nacht. War das nicht ein unverzeihlicher Fehler?

Lange Zeit verharrte ich so; ich dachte nicht, litt nicht; wähnte mich von der Welt verlassen, existierte nicht mehr. Plötzlich aber, o Gott … spürte ich meine Hände, meine Arme umklammert von den zitternden Händen eines Mannes neben mir, der sie mit glühenden Küssen bedeckte. Verloren, wie in Trance und ganz und gar bei Ihnen und bei meinem Unglück, welch anderer Gedanke als der an Sie konnte mir kommen? Mir schien, jetzt entsinne ich mich wie an eine Vision, mir schien, Sie kämen zu mir zurück, reumütig und verzweifelt; ein einziges Licht brannte noch, aber schwach; ich sah Sie, meinte jeden Ihrer Züge zu erkennen; außer mir, erfüllt von Glück, von Liebe, öffnete ich die Arme ... o Gott ... ich öffnete die Arme und glaubte mich in die Ihren zu stürzen, überschüttete Sie mit den zärtlichsten Namen, da aber wurde ich heftig zurückgestoßen und hörte Alfred, er nämlich war es, aufschreien: »Nein, nein, bleiben Sie so rein wie Ihre Seele, aber danken Sie mir für dieses Opfer; es übersteigt jedes menschliche Vermögen.« Und er verschwand ... Ich aber ... ich ... was soll ich Ihnen sagen? Beim Klang dieser Stimme, die nicht Ihre war, bei diesen entsetzlichen Worten, die tausend Jahrhunderte nicht aus meiner Erinnerung auslöschen könnten, war ich wie vom Blitz getroffen, ich schrie vor Schmerz, Tränen strömten aus meinen Augen, ich rannte hin und her wie eine Wahnsinnige, erfüllt von einer Verzweiflung, deren peinlichen Bericht ich Ihnen erspare. Dass ich mich selbst in diese unsägliche Situation gebracht hatte! ... Dass ich ihn denken ließ ... vermuten ... ich ... dass ich Sie für immer verloren habe ... das war zuviel. Mein Schicksal war besiegelt. Kaum gewährte der erschöpfte Körper etwas Ruhe, fasste ich den Entschluss zu sterben, und ich werde ihn ausführen. Ich habe auch sogleich die Mittel gefunden: Das Schicksalsgetränk steht hier, vor meinen Augen, auf diesem Tisch, an dem ich Ihnen schreibe. Ich habe diesen Brief als letzte Handlung meines Lebens bewahrt; ehe ich sterbe, wollte ich Ihnen noch einmal sagen, dass trotz Ihres Verrats mein Herz, so lange es schlägt, ganz und gar Ihnen gehört und dass sein letztes Zucken Ihnen gelten wird.

Adieu. Wenn Sie diese Zeilen lesen, haben Sie keine Freundin mehr.

Ein Brief! ... Ein Brief von Ihnen! Gott im Himmel ...

Billett

(mit Bleistift geschrieben)

Liebe, liebste Freundin, schnell, lies den Brief, den ich dir schicke. Du solltest ihn letzte Nacht erhalten. In der Aufregung meiner Abreise hat Henri vergessen, ihn zu dir bringen zu lassen: Nun findet er ihn wieder und zeigt ihn mir voller Schrecken. Was magst du wohl getan haben? Was gedacht? Nicht einmal zu wissen, wo ich war! Ach, arme Freundin, das war sicher zuviel für dich … Was aber will mir mein Onkel bedeuten? Er spottet über mein Glück, bittet mich, seinen Frieden mit dir zu stiften; eine Ahnung überkommt mich. Beruhige mich, ich beschwöre dich. Verliere keine Minute. Ich schreibe dir auf meinen Knien in einer Ecke des Ballsaals, den ich nicht verlassen kann, was mir unerträglich ist. Ein Wort, nur ein Wort!

45. Brief

(mit dem Billett überbracht)

Mittwoch, eine halbe Stunde nach Mitternacht

O liebe, teuerste Freundin! Ich bin der glücklichste Mann der Welt. So sehr verwirrt die Freude meine Sinne, dass ich kaum weiß, was ich schreibe. Endlich gibt es kein Hindernis mehr für unser Glück. Mein Onkel verzichtet endgültig auf dich, er heiratet Madame de B***, und ich breche sogleich auf, um Trauzeuge bei ihrer Hochzeit zu sein, die noch heute Nacht insgeheim auf dem Lande stattfinden wird.

Wir alle haben das große Geheimnis erst im letzten Moment erfahren. Baron de G*** kam während des Konzerts, um es mir im Auftrag meines Onkels zu eröffnen und mich einzuladen, um ein Uhr nachts in das Schloss von B*** zu kommen. Stell dir meine Überraschung, meine Erregung vor! Ich hatte Mühe, sie in meinem Herzen zu verschließen. Aber das ist noch nicht alles. Dieser Tag sollte der schönste meines Lebens werden. Kaum hatte mich der Baron verlassen, sah ich Madame de B*** hereinkommen. Der Himmel und die Liebe haben mir plötzlich die glückliche Idee eingeflüstert, sie für mein Schicksal zu interessieren, durch sie zu erreichen, was mein Onkel mir seit so langer Zeit verspricht. Mir schien, er könnte ihr heute nichts abschlagen, und ich habe mich nicht getäuscht. Kurzum, liebe Freundin, alles, was ich dir in der Eile sagen kann, ist, dass ich ihn bei ihr getroffen habe, dass er ihr versprochen hat, morgen all unsere Familienfehden zu beenden, und dass er mir gleichzeitig einen Titel und ein Vermögen verheißt, die alles übersteigen, was ich je zu erhoffen wagte. Wie glücklich ich bin … Noch ein Tag der erzwungenen Trennung, dann werden wir einander gehören. Ich kann dir also einen Rang in der Gesellschaft anbieten, der deiner würdig ist. Du wirst nichts von deiner Stellung einbüßen müssen, wenn du dich deinem Freunde schenkst … Aber wie sehr hast du mir nach dem Konzert während der langen Unterhaltung mit Madame de B*** wehgetan. Als sie mich bat, sie nach Hause zu begleiten, war ich so bestürzt ob des Zustands, in dem ich dich sah, dass ich zwanzigmal im Begriff war, unser Geheimnis preiszugeben und in einem einzigen Augenblick die Frucht von so viel Mühe und Heimlichkeit zu verlieren. Ich fand die Kraft, nah an dir vorbeizugehen und dir in wenigen Worten zu sagen, was ich in Blicken und Zeichen dir begreiflich zu machen suchte; aber du, arme Freundin, warst du imstande, mich zu hören? … Wie ich litt, als ich dich verließ! … Aber ich höre auf, ich sterbe vor Sorge, und ich werfe mir jede Sekunde vor, die ich damit verbringe, dich zu trösten. Adieu, in Eile, süße, geliebte Hälfte meiner selbst; ich breche auf und drücke dich tausendmal an mein Herz, das ganz von dir erfüllt ist.

P. S. Ich öffne meinen Brief noch einmal. Soeben erhalte ich ein Billett von Madame de B***. Oh, liebste Freundin, dass ich dich noch einmal quälen muss! Sie bittet mich, sie zu erwarten, sie wird mich mit ihrer Mutter abholen. Als sie gerade aufbrechen wollten, wurde der Fürst an den Hof gerufen; er beauftragt mich, seine Damen zu begleiten und seine Verspätung bei seinen Freunden zu entschuldigen. Mehr noch: Da er schon am Morgen in die Stadt zurückkehren muss, will er, dass ich auf dem Lande bleibe und Madame de B*** am Abend auf das Fest in seinem Hause begleite, an dessen Ende die Hochzeit verkündet wird. Ich glaube nicht, dass ich mich davonstehlen kann. Wie lang die Zeit dir werden wird! Was wirst du dir ausmalen? Aber du siehst, ich sage dir alles; ich habe nicht einen Gedanken, keine Sorgen, kein Gefühl, die nicht dir gälten. Im Namen des Himmels, sei glücklich. Donnerstag früh um zehn Uhr werde ich bei dir sein. Ich werde schon alles für unsere so heiß ersehnte Vereinigung vorbereitet haben ... Meine Frau, meine Freundin, meine Geliebte, die Gefährtin meines ganzen Lebens werde ich an mein Herz drücken können! ... Ich höre einen Wagen; Madame de B*** kommt. Sie lässt mich rufen ... Adieu, liebste, zärtliche Freundin, du wirst diesen Brief in einem Augenblick erhalten. Ich reise beruhigt. Adieu, bis morgen, sei glücklich, ich beschwöre dich.

46. Brief, der letzte

Donnerstag, ein Uhr früh

Ich wäre gestorben! ... Niemand vermag sich vorzustellen, was ich empfinde. Charles ist schon davongeeilt; er wird mir all meine Briefe zurückbringen. Nur in deinen Armen, an deiner Brust will ich dir offenbaren, wozu mich die Liebe getrieben hat; nur dort wirst du mir verzeihen können.

O mein Gott ... Welche Freude ... welch Überschwang ... was für eine Lektion ...

Nachsatz

Die junge Dame, die diese Briefe schrieb, heiratete ihren Freund acht Tage später. Niemand weiß, ob sie ihm all das offenbarte, was wir gelesen haben.

Fürst R***, verheiratet und glücklich, musste seinem Neffen vergeben, dass Madame de *** ihm den Vorzug gegeben und welch Geheimnis er daraus gemacht hatte.

Es ist vielleicht nicht verfehlt zu erklären, dass beide Männer im selben Haus wohnten und dass der Fürst nur in die Wohnung seines Neffen gekommen war, weil er Geräusche hörte und diesen vorzeitig zurückgekehrt wähnte, was ihn überrascht hätte, und dass er, nach einem ersten Moment des Unwillens ob der so unerwarteten Begegnung mit Madame de ***, keine andere Absicht gehabt hatte, als ihr seine Eheschließung zu offenbaren und sie zu hindern, sich vor den Augen der Leute zu kompromittieren.

Der junge Alfred, gleich der Öffentlichkeit über die vermeintliche Hochzeit des jungen Fürsten *** mit Madame de B*** getäuscht, konnte sich nicht entschließen, diejenige wiederzusehen, der er trotz seiner unvergleichlichen Ergebenheit solchen Schmerz bereitet hatte. Sogleich brach er auf und nahm ein Schiff zur Insel Malta, wohin ihn die Pflicht schon seit längerem rief. Da er auch nach einigen Jahren der Bewährung das Gefühl nicht aus seiner Seele zu bannen vermochte, das ihn ganz und gar erfüllte, weihte er sich endgültig dem edlen Stand, den er angenommen hatte. Er wurde einer der berühmtesten Ritter des Ordens.

Ebenso wenig konnte Madame de *** die Erinnerung an die seltsame Beziehung vergessen, die sie an diesem schrecklichen Tag mit ihm verbunden hatte. Nie vernahm sie seinen Namen ohne Verwirrung, ohne mit Bewunderung gemischter Dankbarkeit.

Die Verbindung mit ihrem Freund war ein langer Reigen von Überschwang und Glück.

Karl-Heinz Ott

Gräfin von Salm-Dyck und die Zeit der Briefromane

Deutsches Landleben und Pariser Salonkultur

Constance de Salm kommt am 7. November 1767 als Tochter der Anne-Marguerite Millau und des Marie Alexandre de Théis in Nantes zur Welt. Ihr Vater ist dort als königlicher *juge maître particulier des eaux, bois et forêts* für die Rechtsprechung im Forstwesen, in der Nutzung der Gewässer, der Jagd und Fischerei zuständig. Als gebildeter Zeitgenosse kümmert er sich nicht nur um eine exzellente Ausbildung seiner beiden Söhne und seiner Tochter, sondern veröffentlicht im Jahre 1786 auch eine *Encyclopédie morale,* die in Brüssel erscheint. Seine Tochter bricht mit sechzehn nach Paris auf und schickt dort ihre ersten Gedichte an den *Almanach des Grâces et des Muses* und an das *Journal de France,* wo sie sofort veröffentlicht werden. 1789 heiratet sie den Chirurgen Jean-Baptiste Pipelet de Leury, der nicht weit vom Schloss der Théis aufgewachsen und wiederum ein Kollege von Doktor Sue, dem Vater des Schriftstellers Eugène Sue, ist. Constance bekommt eine Tochter, Agathe Clémence, die ihr einziges Kind bleiben wird, und schreibt an ihrer ersten *tragédie lyrique,* deren Titel *Sappho* programmatisch für ihr gesamtes Werk angesehen werden kann. Schließlich hat diese antike Dichterin auf der Insel Lesbos eine Art Frauenakademie gegründet und damit der männlichen

Macht- und Bildungsdomäne eine Alternative entgegengesetzt. Während des Schreckensjahres 1794 verlässt Mme Pipelet Paris und kehrt erst nach Robespierres Tod zurück. Ihr Stück, zu dem der damals berühmte Komponist Martini die Zwischenmusiken schrieb, wird über hundertmal aufgeführt, worauf sie als allererste Frau in das *Lycée des arts* aufgenommen wird und dort vor einer reinen Männerschar aus Akademikern und Künstlern aus ihren Werken liest.

Als Antwort auf Écouard-Le Bruns 1796 erschienene Schrift *Décade philosophique*, in der alles Künstlerische als genuin männliche Tätigkeit ausgewiesen wird, schreibt sie eine *Épître aux femmes* – eine in Versen verfasste *Epistel an die Frauen* –, in der es heißt: »Die Künste sind ebenso für alle da wie das Glück.« Bedenkt man, dass hundert Jahre zuvor jene Mademoiselle de Scudéry, der E.T.A. Hoffmann in seiner Krimi-Novelle *Das Fräulein von Scuderi* ein Denkmal gesetzt hat, ihre Bücher noch unter dem Namen ihres Bruders veröffentlicht und Sophie LaRoche ihren 1771 erschienenen Roman *Geschichte des Fräuleins von Sternheim* unter dem Namen ihres Freundes Christoph Martin Wieland herausgegeben hat, so ahnt man, was es damals bedeutet, wenn das andere Geschlecht sich literarisch an die Öffentlichkeit wagt. Constance Pipelet nimmt den Ruf nach Gleichheit wörtlicher, als ihn nicht wenige Revolutionsanhänger verstanden wissen wollen. Viele ihrer Gedichte sind, wie bereits die Titel verraten, politische Zwischenrufe: *Boutade sur les femmes auteurs – Geistreiche Abhandlung über weibliche Schriftsteller*; *Sur les femmes politique – Über politische Frauen*; *Épître sur l'esprit et l'aveuglement du siècle – Epistel über den Geist und die Blind-*

heit des Jahrhunderts. Als Mitbegründerin eines literarischen Frauenzirkels, der sich *Athénée des Dames* nennt, und als Mitarbeiterin am *Journal des dames et des modes* spielt sie im Pariser Kulturleben bereits mit jungen Jahren eine wichtige Rolle, wobei sie mit ihren weiteren Stücken den Erfolg der *Sappho* nie wieder einholen wird.

Der heutzutage vergessene Dramatiker Marie-Joseph Chénier soll sie als »Muse der Vernunft« charakterisiert haben, während jener siebzehnjährige Henri Beyle, der sich später Stendhal nennen sollte, seine erste Begegnung mit ihr in einem Zusammenhang schildert, der weniger erbaulich anmutet. Anno 1800 erlebt er sie in einem Salon, in den ihn sein cholerischer Vorgesetzter aus dem Kriegsministerium mitschleppt. In seinem autobiographischen Roman *Das Leben des Henry Brulard* lesen wir:

»Monsieur Daru nahm mich mit zu den Sitzungen einer dieser Gesellschaften, denen er vorstand. Sie versammelten sich in einer Straße, die später zur Vergrößerung der Place du Carrousel niedergerissen wurde ... Die Säle waren hell erleuchtet. Die Dichtung war entsetzlich ... Wenn ich mich langweilte, ließ ich mich die Woche darauf nicht blicken und ging erst vierzehn Tage später wieder hin. Mit meiner unverstellten Offenheit und bei der tief unglücklichen und schlappen, ja erschöpften Stimmung, in die ich jedesmal verfiel, wenn ich mich *langweilte*, kann man sich ja denken, wie ich durch mein Fernbleiben meine Chancen förderte. Herr Daru trug seine Verse mit einer Biederkeit vor, die mir auf diesem sonst so strengen und geröteten Gesicht seltsam anmutete … Aber ich bewunderte außerordentlich den Busen von Mme Constance Pipelet, die ein in Versen geschriebenes Stück las. Ich habe es ihr später erzählt; sie war damals die Frau eines armen Teufels von Leistenbruchchirurgen, und ich habe mit ihr bei Mme la Comtesse Beugnot gesprochen, als sie die Fürstin von Salm-Dyck war, glaube ich. Von ihrer Heirat muss ich erzählen, dass ihr ein zweimonatiger Aufenthalt mit ihrem Liebhaber beim Fürsten von Salm vorausgegangen war, um zu erkunden, ob ihr sein Schloss nicht zu sehr missfällt, wobei dem Fürsten nicht das geringste vorgemacht worden ist und er sich in voller Kenntnis der Sachlage all dem fügte – womit er recht hatte.«

Ob man Stendhal alles glauben kann, sei dahingestellt, schließlich liebt er das Maskeradenspiel mit immer anderen Pseudonymen und ist bekannt für seinen Hang, so gut wie alles, was er später in Italien an scheinbar natürlicher Grazie erleben wird, gegen den aufgeplusterten Feinsinn seiner Landsleute auszuspielen. Immerhin erwähnt er auch nebenbei, dass nach der Zeit der *Terreur* solche literarischen Gesellschaften durchaus nützlich waren: »Diese Art müßiger Zeitvertreib war um 1800 sehr beliebt und war nicht so inhaltslos, wie er uns heute vorkommt. Die Gesellschaft erstand zu neuem Leben nach der Schreckenszeit von 1793 und der dumpfen Angst der folgenden Jahre.«

Nachdem die Eheleute Pipelet sich 1799 haben scheiden lassen, heiratet Constance im Jahr darauf den sechs Jahre jüngeren, aus Neuss am Rhein stammenden Joseph Maria Franz Anton Hubert Ignaz Graf von Salm-Reifferscheidt-Dyck, der selbst auch bereits geschieden ist. Graf von Salm-Reifferscheidt-Dyck ist wie sein Freund Alexander von Humboldt an allem Botanischen interessiert und experimentiert in den Gewächshäusern auf seinem Gut mit allerlei Gemüsen und Pflanzen herum. Napoleon kürt ihn 1804 zum Deputierten des neu geschaffenen linksrheinischen Departements Roer, zu dem auch Köln und Aachen gehören. Später ernennt er ihn zum Kanzler der 4. Kohorte der Ehrenlegion, die zwischen Saar und Mosel stationiert ist. In ihrer Pariser Wohnung beherbergen die Eheleute von Salm-Dyck eine Bibliothek und einen Salon, in dem neben Alexandre Dumas und Alexander von Humboldt auch jener General LaFayette verkehrt, der in Amerika bis heute für seine Siege gegen die Engländer im Unabhängigkeitskrieg verehrt wird. Den Winter verbringt Mme de Salm in Paris, den Sommer am Rhein im Schloss ihres Mannes. Doch das Leben auf dem Land behagt ihr weit weniger als das in Paris, da man dort – so schreibt sie an einen Freund – tagtäglich auf die immergleichen armen Teufel trifft und sich nirgends frei fühlen, sich nicht schön machen, nicht jederzeit Freunde treffen, essen und einkaufen gehen, allein oder in Gesellschaft ein Theater besuchen, in guter Begleitung spazierengehen und Geld ausgeben kann: »All das ist traurig, die Natur ist nichts Gutes, wenn man sie von so nah sieht, und für einen Städter und einen Freund der Wissenschaften bedeutet dieses schöne Landleben den reinsten Untergang.«

Als im März 1814 die alliierten Truppen Paris einnehmen und Napoleon abdanken muss, flieht sie an den Rhein und schreibt dort ihren Briefroman *Vingt-quatre heures d'une femme sensible ou Une grande leçon – 24 Stunden einer empfindsamen Frau oder Eine große Lektion*. Veröffentlichen lässt sie ihn jedoch erst zehn Jahre später. Damals ein großer Erfolg, wird dieses Buch nicht nur mehrfach wiederaufgelegt, sondern sogar gleich zweimal ins Deutsche übersetzt, zuerst 1825, also ein Jahr nach seinem Erscheinen, und 1840 erneut. 1826 kündigt sie in der *Revue encyclopédique ou Analyse raisonnée des productions les plus remarquables – Enzyklopädische Rundschau oder Vernünftige Analyse der bemerkenswertesten Hervorbringungen* – ein Buch mit dem Titel *Des Allemands, comparés aux Français – Die Deutschen, mit den Franzosen verglichen* – an, dessen dritter Teil mit der Überschrift *Des Femmes* auch gleich abgedruckt ist. Er setzt mit der Bemerkung ein, dass inzwischen auch rechts des Rheins die Aufklärung Einzug hält, was man vor allem am Theater beobachten könne, das – so formuliert sie – den Geistern und Seelen neue Impulse verleihe. Dieses Lob zieht freilich die umso bedauerlichere Feststellung nach sich, dass das weibliche Geschlecht davon bislang überhaupt nichts hat. Schließlich finde das allgemeine Gerede vom Glück und der Menschenwürde keinerlei Anwendung auf jene zahllosen Frauen, die nicht den höheren Kreisen angehören. »Vergessen in der Dunkelheit ihrer häuslichen Beschäftigungen, scheinen sie allein für eine endlose Aufopferung zu existieren; selbst wenn alles um sie herum fortschreitet und sich erhellt, bleiben sie im Hintergrund, ohne auch nur daran zu denken, sich zu beklagen, und vielleicht sogar, ohne es überhaupt als solches wahrzunehmen.« In den zerrissenen, durch unterschiedliche Sitten und Charaktere geprägten deutschen Landen, stellt Mme de Salm fest, könne sich die Aufklärung viel schwerer als in Frankreich durchsetzen, was zur Folge habe, dass in Bezug auf die Geschlechter alles beim Alten bleibe. Was ganz konkret heißt: der Mann bewegt sich in der Öffentlichkeit, die Frau in ihren vier Wänden. Innen und Außen, Politik und Privatheit, Intellekt und Gefühl, Ruhm und Namenlosigkeit, Vergnügungen und Einerlei bleiben derart eindeutig aufgeteilt, dass Franzosen, die nach Deutschland reisen, so behauptet sie, sich nur darüber wundern können, warum die Frauen dort nahezu unsichtbar bleiben und weder mit politischen und philosophischen noch künstlerischen Gedanken in Berührung kommen.

Das von Constance de Salm angekündigte Buch wird jedoch nie erscheinen, da an den zwölf Seiten, die sie als Vorgeschmack veröffentlicht hat, Kritik aufkommt, weshalb sie aus Angst, am Ende könnten sich sowohl die Deutschen als auch die Franzosen ungerecht behandelt fühlen, ihr Vorhaben ad acta legt. Ihre männlichen Kollegen plagen solche Skrupel weniger, zumal zur damaligen Zeit derartige Vergleiche an der Tagesordnung sind. So bescheinigt Stendhal in seinem Buch *Über die Liebe* den Deutschen, ein uneiniges und einfältiges, jedoch charakterstarkes Volk zu sein, da es – anders als die eitlen Gecken von Franzosen – in der Liebe treu sei und sogar zu einem Liebes-Mystizismus tendiere, jedoch – wie man an Kant, Schelling und Fichte sehen könne – philosophische Schriften hervorbringe, die man als »dunkle, schlechte Dichtungen« ansehen müsse. Stendhal bemerkt: »Unterschied der Deutschen gegenüber allen anderen Völkern: sie erhitzen sich beim Denken, anstatt dabei Beruhigung zu finden.« Kant wiederum, der bekanntlich nie aus Königsberg herausgekommen ist und die Welt nur durch Bücher und Zeitschriften kennengelernt hat, behauptet in seiner 1798 erschienenen *Anthropologie in pragmatischer Hinsicht*, die Franzosen besäßen einen geistreichen, doch nie in die Tiefe zielenden Konversationsgeschmack und einen Freiheitsgeist, »der auch wohl die Vernunft selbst in sein Spiel zieht und in Beziehung des Volks auf den Staat einen alles erschütternden Enthusiasmus bewirkt, der noch über das Äußerste hinausgeht«. Germaine de Staël wiederum versucht ihren Landsleuten beizubringen, dass jenseits des Rheins nicht mehr die Goten, sondern Dichter und Denker leben. Sie wird des Rühmens nicht müde, wenn es um Goethe und Schiller, Lessing und Wieland, die Brüder Schlegel und Herder geht. Doch diese Leute interessieren Constance de Salm in ihrer vergleichenden Studie nicht, obwohl sie selbst Dichterin ist und in ihrem Pariser Salon selbstverständlich nur ihresgleichen empfängt. Während ihrer Aufenthalte am Rhein hat sie es jedoch weniger mit Literaten als Handwerkern, Beamten und Bauern zu tun, weshalb sie den Blick auf »jene mittleren und einfachen Klassen« richtet, die – wie sie formuliert – »überall den Körper und wirklichen Typus der Nationen bilden«.

Was das breite Volk anbelangt, erlebt sie die beiden Länder als vollkommen verschieden. »Ein guter französischer Haushalt«, lesen wir bei ihr, »zeichnet sich nicht dadurch aus, dass die Gatten sich auf das zurückziehen, was man die Pflichten der Frauen und die Autorität der Männer zu nennen pflegt, sondern dadurch, dass beide ihre Schuld dem gemeinsamen Glück zollen und die häuslichen Tugenden das Licht und die Genüsse der Gesellschaft auf keinen Fall ausschließen.« Ganz anders erlebt sie das in dem Land, »wo alles ernst und gemessen ist und sowohl das Handeln wie die Ideen stets einen positiven Zweck besitzen müssen«. Dort sind die Pflichten nicht nur klar gegeneinander abgesteckt, sondern – wie sie formuliert – durch Barrieren voneinander getrennt, was zur Folge hat, »dass der Mann eine separate Existenz lebt und sich eigene Befriedigungen verschafft, die seine Frau ihm gönnt und respektiert«. Die Strenge dieser Aufgabenteilung bringe, wie jeder Fremde sehen könne, eine gewisse Melancholie mit sich, weshalb Mme de Salm den Französinnen mehr oder weniger davon abrät, einen Deutschen zu heiraten. Dennoch glaubt sie in dieser Häuslichkeit auch Vorteile zu entdecken, die französischen Frauen abgehen: »Was ihre Talente und ihren Erfolg anbelangt, so müssen sie sich in der Welt draußen nicht vor jenen Rivalitäten fürchten, die so viel Eifersucht und sogar kleine Hassgefühle hervorrufen … Ebenso scheint jene Galanterie, welche die Quelle von so vielem Kummer ist, ihr Glück weit weniger zu beeinträchtigen.«

Eine Lektion in Eifersucht

Galanterie, Koketterie und Eifersucht wiederum sind Begriffe, die auch im Zentrum ihres Briefromans *24 Stunden im Leben einer empfindsamen Frau* stehen. Zwar spielt er nicht in den »mittleren und einfachen Klassen«, doch soziale Unterschiede sind, was die Exaltationen der Eifersucht anbelangt, bekanntlich zu vernachlässigen. Allerdings behauptet die Autorin von vornherein, dass Männer anders als Frauen empfinden und das Ausmaß weiblichen Schmerzes nicht im geringsten ermessen können. Sie erleben ihn, wie es in der Zueignung des Buches an die Prinzessin von *** sinngemäß heißt, als einen delirierenden Fieberzustand, der so grundlos kommt, wie er wieder vergeht. Dabei wird in diesem Briefroman keineswegs das Hohelied auf die weibliche Empfindsamkeit gesungen, im Gegenteil. Schließlich trägt er im Original den Untertitel *Une grande leçon – Eine große Lektion*, bei der es Constance de Salm darum geht, dem Leser bzw. der Leserin die fatalen Folgen von Eifersuchtsexzessen vor Augen zu führen. So sehr sie die Frauen für ihr tieferes Empfindungsvermögen rühmt, so inständig werden sie vor den (selbst-)zerstörerischen Konsequenzen solcher Gefühlseruptionen gewarnt.

Auch wenn man heutzutage – aus guten Gründen! – nicht mehr nach den Intentionen eines Schriftstellers, sondern nur noch nach den Implikationen dessen, was ein Text selbst aussagt, fragt, kommt man bei Constance de Salm um die Intentionsfrage schon deshalb nicht herum, weil sie den Leser in der Widmung ausdrücklich über ihre literarischen Absichten unterrichtet. Ihren bisherigen Büchern, so erklärt sie dabei, habe man einen allzu großen philosophischen Ernst vorgehalten, weshalb sie nun in den *24 Stunden* einmal die Abgründe des Seelenlebens zeigen wolle. Nicht zufällig lässt sie ihren Briefroman mitten in der Nacht beginnen, also in der Zeit größtmöglichen Dunkels, das in diesem Fall – für jeden ersichtlich – die größtmögliche Irrnis und Wirrnis symbolisiert. Erst im Morgengrauen, wenn das Licht langsam das Zimmer erhellt, scheinen Geist und Seele sich ein wenig zu beruhigen. Bis dahin kann einzig und allein von *ivresse, trouble* und *jalousie,* von Zuständen schlimmsten Außersichseins und entsetzlicher Konfusion die Rede sein. Und all das deshalb, weil der Geliebte nach dem Konzert einer anderen Frau etwas zugeflüstert hat und mit ihr anschließend in eine Kutsche gestiegen ist. Von da an will kein klarer Gedanke mehr gelingen, zumindest keiner, der einen trösten könnte.

Um von vornherein Missverständnisse auszuräumen, hebt Constance de Salm in ihrer Zueignung eigens die Bedeutung des originalen Untertitels hervor, wenn sie erklärt: »Die Eifersucht ist eine bei den Frauen so weit verbreitete Krankheit, sie beeinflusst ihr Glück so sehr, kompromittiert sie so oft und auf so vielfältige Weise, dass eine Entwicklung, die ihnen mit jedem Wort zeigt, wie sehr ihre Passion sie in die Irre zu leiten vermag, auch eine nützliche und *große Lektion* sein müsste.« Um noch unmissverständlicher zu formulieren, worauf das Ganze hinausläuft, behauptet sie, dass ohne ein »wahrhaft moralisches Ziel« eine Veröffentlichung dieses Romans überhaupt nicht zu rechtfertigen wäre. So wie Seneca in seiner Schrift *Über den Zorn* in pädagogischer Absicht den Furor von Cholerikern vorführt, so stellt Constance de Salm in diesen Briefen das Rasen der Eifersucht aus, um durch diese Hölle hindurch den Weg zur Vernunft zu weisen. Wobei sie gesteht: »Ich dachte sogar kurz daran, diese Lektion noch stärker zu machen, indem ich aus den Torheiten meiner Heldin ein weit schlimmeres Unglück erwachsen ließe als das, mit dem sich ihre lebhafte Einbildungsgabe quält; dann aber fürchtete ich, dadurch das einfache und idealistische Wesen dieses Werkes zu schädigen ...«

Ohne seinen Namen zu nennen, grenzt sie sich damit vermutlich von Goethes *Werther* ab. Bekanntlich haben sich nach dessen Erscheinen junge Leute nicht nur wie dieser gekleidet, sondern die Imitation bis zum Selbstmord getrieben. Weil Werthers Unbedingtheit zwischen totalem Glück und schnöder Anpassung an die öde Realität keinerlei unreine Mischung zulässt, hat Mme de Staël ihn nicht nur als »wunderbar fesselnde Dichtung« und »philosophisches Gemälde seelischer Unruhen« gerühmt, sondern diese Art von Briefroman auch gleich als das der neueren Zeit angemessene Genre angepriesen: »Diese Art, Romane zu verfassen«, erklärt sie, »ist sicher nicht so poetisch wie jene, die gänzlich aus Erzählungen besteht, aber der menschliche Geist ist jetzt weit weniger auf die bestersonnenen Begebenheiten als vielmehr auf Darstellung von Vorgängen in unserem Innern begierig.« Was im *Werther* jedoch als bedingungslose Liebe erscheint, erweist sich nicht weniger als ein Vernarrtsein ins unablässige, reine Sich-selbst-fühlen-Wollen. Dass sich damit kein Leben leben lässt, ist offenkundig, weshalb Werthers Tod sich letztlich keiner freien Entscheidung verdankt, sondern als einzig mögliche Konsequenz erscheinen muss. Er tötet sich, um – wie er behauptet – »ewige Freiheit« zu erlangen, doch es ist eine Freiheit, mit der sich nicht mehr viel anfangen lässt und die nur den Vorteil besitzt, dass man damit der Welt der Konventionen, Konflikte und Kompromisse endgültig entkommen ist. Dabei müsste sich die ersehnte unendliche Harmonie zwischen Lotte und ihm, würde sie tatsächlich zustandekommen, als ebenso tödlich erweisen, da man sich, wenn immerwährende Eintracht herrscht, bekanntlich auch nichts mehr zu sagen hat.

Obwohl ihre Protagonistin ebenso an Selbstmord denkt, will Constance de Salm jene letzte Konsequenz, der wir im *Werther* begegnen, vermeiden. Deren Qualen sollen nicht nach fatalen Taten rufen, da andernfalls aus diesem Werk keine positive Lehre mehr zu ziehen wäre. Deshalb muss diese Geschichte rechtzeitig abgebremst und auf vierundzwanzig Stunden begrenzt werden. Von Anfang an haben wir es in diesen Briefen mit einer religiös aufgeladenen Sprache zu tun, die vom Heiligen der Liebe, von deren Entweihung und von der Pflicht spricht, Opfer zu bringen. Wer die Liebe verrät, befleckt demnach das Allerhöchste mit dem Dreck der Welt, womit vor allem der Gossengeruch der Koketterie gemeint ist. Sogar die Erwägung, es könnte sich bei einer Liebe um eine Illusion handeln, beeinträchtigt in den Augen der Briefschreiberin nicht deren sakralen Charakter. Selbst wenn es heißt, es werde eine Zeit kommen, »da unsere kalte Asche der einzige Rest des Feuers sein wird, das uns verschlingt«, ist die kirchliche Formel *Bis dass der Tod Euch scheide* nicht fern. Entsprechend wird stets von neuem der Gedanke variiert, dass über eine Liebe weder der eine noch der andere verfügen kann, da sie keinem von beiden gehört, sondern dass sie als etwas Heiliges anzusehen ist, das sich gleichsam transzendent zwischen den Liebenden ereignet und aus diesem Grund nicht Lüsten und Launen preisgegeben werden darf. »Das bloße Wort Tanz lässt mich erstarren. Der Walzer ist für mich die schrecklichste Entweihung der Liebe«, heißt es im sechsten Brief, der in der »frivolen Unterhaltung« das allerschlimmste Sakrileg gegen die Gabe und Gnade der Liebe zu erkennen glaubt. Die Gefallsucht, die Koketterie, das Spielen mit dem Feuer – sie alle besitzen etwas Versucherisches und damit Satanisches. Da Männer aber von Natur aus gegen solche Anfechtungen schlecht gewappnet zu sein scheinen, werden sie noch eher als jene Verführerinnen entschuldigt, die für den Kick des Augenblicks das Glück anderer Leute zu zerstören bereit sind. Der entscheidende Unterschied gegenüber dem *Werther*, aber auch gegenüber Hölderlins *Hyperion* besteht nicht nur darin, dass in de Salms Roman der Liebesschmerz moralische Entrüstung hervorruft, sondern vor allem darin, dass – wie es die Vorrede nahelegt – solche narzisstischen Überreizungen als Anzeichen eines fast schon pathologischen Phänomens gedeutet werden müssen.

Immerhin entfalten diese Briefe einen in sich selbst eingekapselten Eifersuchtskosmos, der – ganz anders als etwa bei Stendhal – keinen Ausweg mehr kennt. Denn in seiner Abhandlung *Über die Liebe* rät Stendhal schlichtweg, man müsse mit Nebenbuhlern entweder zwanglos scherzen oder ihnen gehörig Angst einjagen. Weit davon entfernt, ein unendlich hehres Liebesideal zu beschwören, sinnt er lediglich auf Strategien, mit denen man Rivalen nicht nur loswerden, sondern sie auch noch öffentlich blamieren kann. Man möge sich einfach mit einer anderen vergnügen und die Geliebte damit eifersüchtig machen, schlägt er vor, weshalb man bei Stendhal das Gefühl gewinnt, es handle sich eher um ehrerpichte Machtspiele als Verzweiflungszustände. Wenn er behauptet, bei Männern könne die Eifersucht eh nie zu solchen Rasereien wie bei Frauen führen, pflichtet Constance de Salm ihm allein deshalb bei, weil sie Frauen eine größere Gefühlstiefe zugesteht.

In den *24 Stunden* sehen wir uns einer Panik gegenüber, die in allem und jedem ein Zeichen von Betrug, Verrat und Erniedrigung entdecken zu können meint: »Ich meine, tausend Dinge zu sehen, die mir zunächst entgangen waren.« Jeder Blick, jedes Wort, aber vor allem auch das, was man nicht hört und nicht sieht, liefern Indizien dafür, dass man hintergangen wird. Was Realität, was Phantom ist, lässt sich nicht mehr entscheiden, da jeder – auch nur scheinbar – Betrogene sich zu einem grotesken, zur Untätigkeit verdammten Detektiv entwickeln kann, der überall Belege und Beweise zu sichten glaubt. Wer nicht wirklich weiß, was Eifersucht ist, muss sie beim Lesen dieses Romans in allen Facetten durchleben, zumal in ihm nur deren erschreckende Seiten zum Ausdruck kommen. Dass es ohne Eifersucht vermutlich gar keine Liebe geben kann, versucht dagegen Proust in seiner *Recherche* vorzuführen. Gegen deren Ende, in der *Wiedergefundenen Zeit*, heißt es: »In der Liebe verhält es sich so, dass unser glücklicher Rivale – das heißt also unser Feind – unser Wohltäter ist … Wenn wir keine Rivalen hätten, würde der Genuss sich niemals in Liebe verwandeln – wenn wir keine hätten oder keine zu haben glaubten, denn dass sie tatsächlich existieren, ist nicht erforderlich. Zu unserem Wohle genügt jenes illusorische Leben, mit dem unser Argwohn, unsere Eifersucht nicht vorhandene Nebenbuhler bereitstellt.« Tatsächlich gewinnt man beim Lesen der *Recherche* den Eindruck, dass dort kaum einmal von ungetrübter Liebe, dafür aber umso mehr von Verunsicherungen die Rede ist, die sich bald keines einzigen Gefühls mehr sicher sind.

Bei Constance de Salm dagegen dominiert von der ersten Zeile an (»Mein Lieb, mein Engel, mein Leben, nichts als Aufruhr ist meine Seele, nichts als Verwirrung!«) Verzweiflungsstimmung. Allerdings kommt diese Konfusion in klassisch klarer Diktion zur Sprache, so dass jene *obscurité,* von der so viel die Rede ist, erstaunlicherweise vollkommen transparent erscheint. Dabei befindet sich de Salms Protagonistin noch in einer desolateren Lage als ihre literarischen Verwandten aus Rousseaus *Nouvelle Héloïse,* Goethes *Werther,* Hölderlins *Hyperion* und de Laclos' *Liaisons dangereuses.* Denn sie schickt ihre Briefe in einer wie von der Welt abgeschnittenen Einsamkeit an einen Abwesenden, der nicht mehr erreichbar scheint und sich deshalb auch nicht erklären kann. Dadurch bekommt dieser Roman nicht nur etwas Klaustrophobisches, er verwirklicht damit vor allem die Einheit von Zeit, Ort und Handlung in noch weit konsequenterer Weise, als sie bei Aristoteles gemeint gewesen ist. Allenfalls besitzt er ein Vorbild in Ovids knapp zweitausend Jahre zuvor veröffentlichten *Heroinen,* in denen solche verlassenen Mythengestalten wie Dido, Medea oder Ariadne an ihre unerreichbaren Geliebten Anklagebriefe schreiben. Von diesen jedoch unterscheiden sich die *24 Stunden* durch ihre glückliche Auflösung. Während Jean Cocteau in seinem 1930 uraufgeführten Telefon-Monolog *La voix humaine* eine restlos aufgelöste, zwischen schierem Irrsinn und Selbstbeschwichtigung hin und her geworfene Frau in einer ähnlichen, allerdings von Anfang bis Ende heillosen Situation vorführt, versucht Constance de Salm aus solchen Erfahrungen heilsame Lehren zu ziehen. Cocteaus Monolog kennt keinerlei zusammenhängende Sätze mehr und besteht einzig aus Stammeln, Stöhnen, Schreien, Schweigen. De Salms verzweifelte Heroine dagegen besitzt in jedem Augenblick ein ästhetisches Sprachvermögen, mit dem jedes noch so unsagbare Gefühl seinen Ausdruck in wohlgesetzten Worten findet. Während Cocteau das innere Chaos in Gestalt einer zerfledderten Sprache in Szene setzt, kultiviert Madame de Salm ein stilistisches Schönheitsideal, das weit davon entfernt ist, die literarische Form dem katastrophischen Inhalt anzupassen. Auch das zeigt, dass zwischen den *24 Stunden* und Cocteaus Monolog ganze hundert Jahre liegen, in deren Verlauf eine Entwicklung einsetzt, die sich als die Zeit der »nicht mehr schönen Künste« begreift.

So sehr Constance de Salm sich in ihrer Fragment gebliebenen Studie über Franzosen und Deutsche an den »mittleren und einfachen Klassen« interessiert zeigt, so wenig ist davon in ihrem Briefroman zu spüren. Auch wenn wir wenig über den genaueren gesellschaftlichen Stand ihrer Protagonisten erfahren, handelt es sich – zwanzig Jahre nach der Französischen Revolution – wohl um die gleiche adlige Gesellschaft, wie sie in den 1782 erschienenen *Gefährlichen Liebschaften* zu Wort kommt. Nur dass sie bei Constance de Salm nicht mehr als liederliche Bande gelangweilter Zyniker vorgeführt wird, sondern eher aus feinsinnigen, sich in seelischer Selbstwahrnehmung übenden Wesen zu bestehen scheint. Dabei musste man keineswegs auf einen Cocteau warten, um der Liebe in einer weniger hehren

Gestalt zu begegnen. Bereits in Flauberts *Madame Bovary* erweist sie sich als eine Obsession, hinter der sich vor allem Langeweile und stille Verzweiflung verbergen. Auch bei Baudelaire sind das Glück und die Liebe stets an deren striktes Gegenteil, an Verfall und Tod, gekettet. Das Erhabene und Verderbliche, Schöne und Obszöne, Erotische und Erschreckende sind bei ihm nicht im geringsten voneinander zu trennen. Die Gier nach dem Unbekannten, der libidinöse Drang zum Geheimnisvollen und Unheimlichen hin besitzt dabei stets etwas Sirenenhaftes, in seiner Verlockung dem Untergang Geweihtes. Auch auf deutscher Seite rücken Dichter wie Friedrich Schlegel oder Kleist jene Irritationen, die wir dem Unberechenbaren und Unbeherrschbaren verdanken, ins Zentrum ihrer Erzählungen und Reflexionen. Dass sich solche Schrecknisse nach reiflicher Überlegung wieder aus der Welt schaffen lassen, davon kann in deren Werken keine Rede mehr sein.

Bei Constance de Salm hingegen begegnen wir einer *clarté,* die sich ausdrücklich einer aufklärerischen Moral verpflichtet weiß. Aufklärung ist in diesem Fall freilich weniger mit grandiosen Menschheitsidealen gleichzusetzen, sondern durchaus psychologisch zu verstehen. Anders als Cocteau, der den erbärmlichen Zustand seiner Figur durch bloßes Gestotter widerspiegelt, glaubt Constance de Salm dem inneren Tohuwabohu mit einer luziden Sprache beikommen zu können. »Sollst du den Überschwang meines Deliriums kennen? Warum nicht? … Ja, ganz und gar sollst du mich kennen! Lies, lies die Lettern, die in der Unordnung meines Geistes … geschrieben sind.« Immerhin geht es hier noch um eine Charakterzeichnung, die das, was längst am Zerfransen ist, nochmals zusammenhalten soll. In ähnlicher Weise, wie Seneca in seinen Briefen *Über den Zorn* alle nur erdenklichen Varianten cholerischer Raserei Revue passieren lässt, um dem Leser deren Heillosigkeit vor Augen zu führen, werden in den *24 Stunden* alle nur erdenklichen Eifersuchtszerrüttungen durchbuchstabiert, um zu dem Schluss zu gelangen, dass ein klarer Kopf nutzbringender als ein panisches Phantasieleben ist. Dass Constance de Salm als »Muse der Vernunft« tituliert und ihr – wie sie in ihrer Vorrede gesteht – vorgeworfen worden ist, allzu ernst und philosophisch zu sein, nimmt nicht wunder, schließlich setzt sie darauf, dass man das Andere der Vernunft – den Wahn, die Wirrnis, das Wüten der Seele – nur deutlich genug zum Sprechen bringen muss, wenn man es bannen will. »Jene Gefühle, die man überhaupt nicht wahrnimmt, und vor allem jene, die man nicht mehr prüft, scheinen immer etwas Lächerliches zu besitzen«, lesen wir in ihren *Pensées*. Was heißt, dass die Vernunft sich unserer Unvernunft nur ausgiebig genug widmen muss, um das Irrationale ein bisschen rationaler zu machen. Das aber bedeutet wiederum, dass derjenige, welcher über seinen Gefühlen zu stehen meint, sich gegenüber demjenigen, der gezielt in den Abgrund blickt, als der viel Unvernünftigere erweist.

Während Descartes und Spinoza sich noch intensiv mit den Ursachen und Wirkungen der Affekte beschäftigt haben und auch der frühe, sogenannte vorkritische Kant ihnen philosophische Aufmerksamkeit zukommen ließ, scheint just während der Hochphase der Aufklärung das Interesse an ihnen zu schwinden. Dass daraufhin wieder eine Gegenbewegung einsetzt, die in

Literaturgeschichten als Zeit der Empfindsamkeit charakterisiert wird, ist bekannt, auch wenn sich solche Entwicklungen nicht chronologisch festschreiben lassen, sondern zuweilen gleichzeitig stattfinden. Bemerkenswert an Constance de Salm jedoch ist, dass sie zwischen *sensibilité* und *raison* keinerlei prinzipiellen Unterschied gelten lässt. Davon zeugt bereits ihre Widmung an die Prinzessin von ***, und auch in ihren *Pensées* finden sich Aphorismen genug, die den Weg von den Empfindungen zu den Gedanken, vom scheinbar Undurchdringlichen zum Kristallinen anmahnen. »Die Dunkelheit«, heißt es in den *Pensées*, »ist den Gefühlsausbrüchen der Seele günstig. Wenn abends die Nacht einkehrt und man an einem Ort, der nicht sehr hell ist, vertraulich ins Reden gerät, nimmt man eine Unmenge an Empfindungen wahr, die verschwinden, wenn die Lichter zurückkehren.« *Les Lumières*: das sind hier gleichermaßen die Lichter der Vernunft wie die sinnlich sichtbaren. Doch ohne das Dunkel gäbe es überhaupt nichts zu erhellen, und ohne die Erregung der Sinne besäße der Verstand keinen Stoff, den er durchleuchten könnte. Nur den Unempfindsamen, bemerkt sie an anderer Stelle, erscheine die Sprache der Empfindsamkeit – *le langage de la sensibilité* – als eine Art Delirium. Den anderen, so darf man ergänzen, dient sie als die subtilste aller Selbsterkundungsmöglichkeiten. So wie Seneca den Zornessüchtigen rät, mit schöngeistigen Dichtungen das Gemüt zu beruhigen, so setzt Constance de Salm auf die Sensibilität einer Sprache, welche gerade dadurch, dass sie die Gefühle sprechen lässt, illuminierend wirken soll.

Wenn es in Rousseaus *Neuer Héloïse* heißt, in Liebesbriefen spreche einzig das reine, von keiner Vernunft und Gepflogenheit zensierte Herz zum reinen Herzen, so wird damit eine ungetrübte Natürlichkeit behauptet, die allein deshalb etwas Illusorisches besitzt, weil die Sprache selbst ja nichts anderes als ein Vermittlungsorgan und jeder Satz eine kleine Inszenierung ist. Vielleicht, so könnte man einwenden, ist die Liebe zum Schreiben dabei noch weit größer als die Liebe zum scheinbar unverfälschten Gefühl. Constance de Salm behauptet erst gar nicht, dass in ihrem Briefroman eine vollkommen authentische Stimme spricht. In ihrer Widmung, die ja nichts anderes als ein Vorwort an den Leser ist, erfahren wir, dass sie das Werk zehn Jahre lang in der Schublade liegengelassen und sich lange überlegt hat, ob es überhaupt zur Veröffentlichung taugt. Ob diese Behauptung selbst wiederum als Teil des literarischen Spiels gelten darf oder nicht, sei dahingestellt, entscheidend ist, dass die Autorin ihren Roman als eine »große Lektion« ausweist. Die Vorstellung, es könnte sich dabei um unkontrollierte Herzensergießungen handeln, wird damit von vornherein als Schein dekuvriert. Mit ihrem Vorwort offenbart die Autorin, wie fern es ihr liegt, jene rousseauistische Natürlichkeitsideologie nachzubeten, die selbst nichts anderes als ein reines, mithin dogmatisches Vernunftkonstrukt ist. Schließlich wurde die *Neue Héloïse* nicht weniger als jeder andere Roman dramaturgisch durchkomponiert, was auch gar nicht anders möglich ist, solange eine Dichtung Leser finden will, die sich nicht mit Gestammel oder bloßen Entwürfen konfrontiert sehen wollen. Gleichgültig, ob es sich um die *Neue Héloïse*, den *Werther*, den *Hyperion*, die *Gefährlichen Liebschaften* oder die *24 Stunden* handelt, bei ihnen allen kann von ungebremsten Gefühlsaufwallungen nur insofern die Rede sein, als sie mit allen nur erdenklichen, gezielt gewählten sprachlichen Mitteln in Szene gesetzt und damit alles andere als ungebremst sind.

Constance de Salm macht daraus überhaupt kein Hehl, vielmehr erklärt sie frank und frei, dass es sich um nichts anderes als eine Vorführung handelt, die kathartische Absichten verfolgt. Insofern braucht man sich bei diesen Briefen auch gar nicht zu fragen, ob deren kultivierte Sprache und jenes innere Brodeln, das sie in den Blick nimmt, einen Widerspruch bilden könnten. Gleich in einem der ersten Briefe lesen wir, dass die Kunst unsere Sinne ebenso stark wie die Liebe zu berauschen vermag, dabei jedoch – gleich dem Morgenlicht – auch noch Klarheit in unser Gefühlsleben zu bringen versteht. Ihre Anziehungskraft verdankt die Dichtung demnach ihrer Fähigkeit, dem Formlosen eine Form abzuringen und die *obscurité* in *clarté* zu verwandeln. Dabei kommt eine solche Klarheit keineswegs wie eine trockene Beweisführung daher, vielmehr erzeugt sie – wie Stendhal es grundsätzlich von Romanen behauptet – selbst bereits wieder eine Traumstimmung. Wie bei einer Musik sind in diesem Fall das absichtsvolle kompositorische Erzeugen von Effekten und jene tatsächlichen Gefühle, wie sie durch Klänge entstehen, gar nicht auseinanderzudividieren. Und weil das auch für die Literatur gilt, kann sie, wie Constance de Salm in ihrer Widmung bemerkt, eine der schönsten

Tröstungen auf Erden gewähren. Die enge Verwandtschaft von Eros, Musik und Literatur hebt nicht nur Stendhal hervor. Auch Roland Barthes' 1977 erschienenes Buch *Fragmente einer Sprache der Liebe* handelt keineswegs bloß von den Phänomenen der Eifersucht, Enttäuschung und Erfüllung, sondern in gleicher Weise vom Verliebtsein ins Lesen und Schreiben. Schließlich zwingt einen die Sprache, sich so intensiv wie nur möglich in das, worüber man schreibt, zu versenken. Gleichzeitig sorgt sie für jene Distanz, die einen daran hindert, sich darin auf Gedeih und Verderb zu verlieren. Diese Doppelheit aus Verschmelzung und Abstand gönnt der Phantasie eine Freiheit, wie sie in wirklichen Liebes- und Eifersuchtsdramen bekanntlich nicht mehr existiert.

Und doch gibt es kaum etwas Schwierigeres, als das, was man als Liebe empfindet, in Worte zu fassen. Ein Verliebter erweist sich, wenn es um die Bekundung seiner Liebe geht, in aller Regel als reichlich wortkarg. So eloquent er sonst auch sein mag, so sehr wird er, wenn es ums Glück geht, zum Stotterer, zumal ihm gar nichts anderes übrigbleibt, als bei Worten Zuflucht zu suchen, die klischierter nicht sein könnten. Aus diesem Grund schlägt die gleichermaßen hintertriebene wie gebildete Marquise von Merteuil, die davon überzeugt ist, dass wahre Liebe sich allenfalls im Stammeln kundtun kann, in den *Gefährlichen Liebschaften* vor, sich bei so exzellenten Vorbildern wie Rousseaus *Neuer Héloïse* kundig zu machen, bevor man ein Blatt Papier zur Hand nimmt. Vicomte von Valmont behauptet daraufhin, weiblichen Briefschreiberinnen komme es eh weniger auf die Liebe als darauf an, ihre Schöngeistigkeit vorführen zu können. Überhaupt wird in diesem Briefroman das Briefeschreiben selbst immer wieder erörtert, so etwa wenn die Marquise ihren jungen Liebhaber ermahnt, ihr bitte keine »schönen Sätze zu schicken, die ich im ersten besten Roman finden kann«. Doch wie soll man sich ausdrücken, nachdem es nur einen begrenzten Wortschatz gibt und alles, was die Liebe und das Liebesleid anbetrifft, längst wie ein tausendmal zitiertes Zitat klingt? Schließlich kennt die Sprache keine Formulierungen, die vollkommen einzigartig und dennoch jedem verständlich sind. Wie bringt man also das Unverwechselbare einer Liebe und – vielleicht mehr noch – einer Verzweiflung zum Ausdruck, ohne bei einer gestanzten Sprache zu landen? »Man empfindet nicht zweimal den gleichen Schmerz«, heißt es in den *24 Stunden*, wobei alles, was in diesen fast fünfzig Briefen zum Ausdruck gelangt, ausschließlich von Schmerzen handelt. Was aber, wenn es für diese Unzahl an Schmerzensvarianten kaum ein halbes Dutzend verschiedener Ausdrücke gibt?

Als Roland Barthes 1980 bei einem Autounfall ums Leben kommt, findet man bei ihm in der Schreibmaschine die unkorrigierte Seite einer Rede, die den Titel *On échoue toujours à parler de ce qu'on aime* trägt: *Man scheitert immer daran, von dem zu reden, was man liebt.* Es handelt sich um einen Vortrag, den er für ein Stendhal-Symposion in Mailand vorbereitet hat und der davon handelt, dass Stendhal von Italien und der italienischen Oper in einer Art und Weise gebannt ist, die es ihm unmöglich macht, dafür einen angemessenen Ausdruck zu finden. Um seinen Lesern dennoch einen Eindruck von dieser Obsession zu vermitteln, bedient er sich schamlos abgegriffenster Stereotypen und Superlative. Was man für gewöhnlich gerade bei einem Schriftsteller monieren möchte, verteidigt Roland Barthes an ihm mit dem Argument, dass wir alle wieder infantil – was heißt: lallend und unberedt – werden, wenn uns Begeisterungsanfälle und andere Gefühlsgewalten überfluten. Auch Constance de Salm kommt in ihrer Widmung auf dieses Dilemma zu sprechen, nur dass ihr Ziel darin besteht, das Chaos der Gedanken in einer möglichst gelungenen, ja harmonischen Redeweise zu präsentieren. Das wiederum bedeutet, dass sie gar nicht erst versucht, literarisch sonderlich originell erscheinen zu wollen, schließlich kommt es ihr, wie der Untertitel *Une grande leçon* belegt, ja gerade aufs Exemplarische und nicht aufs Unverwechselbare an. Wer eine Lektion in Sachen Eifersucht erteilen will, muss demnach beispielhaft veranschaulichen, wie sie zu Zerrüttungen führen kann, die kein Mensch ernsthaft wollen kann.

Gleichzeitig führt Constance de Salm damit vor, dass der Briefroman nicht nur eine Form der Kultur darstellt, sondern vor allem eine Kultur der Form zum Ausdruck bringt. Ihre *24 Stunden* demonstrieren, wie sehr just jenes Subjektive, das man für den Inbegriff höchst eigenwilliger Gefühle und Gedanken hält, einer Struktur und eines Stils bedarf, um sich selbst erfassen und mitteilen zu können. Damit aber wird in einer Zeit, die literaturgeschichtlich als diejenige der Empfindsamkeit gilt, der Glaube an die unauslotbaren Tiefen der Individualität als Mythos entlarvt. Im Subjektiven spiegelt sich demnach vor allem das Allgemeine, was heißt, dass wir wenig Grund haben, uns mit unseren einzigartigen Gefühlen allzu einzigartig vorzukommen. Jene Lektion, die Constance de Salm uns erteilt, lautet nicht: Macht euch nicht mit unnötiger Eifersucht wahnsinnig! Weit eher besteht sie darin, dass hier eine Art innerer Film abgespielt wird, der zeigt, wie sehr das Irrationale Methode besitzt und dem Gesetz der Wiederkehr unterworfen ist. Insofern dieses Buch ein Hauch von literarischem Salon umweht, liegt das nicht nur am biographischen Hintergrund der Autorin, sondern auch daran, dass an solchen Orten über all das mit Stilgefühl geredet werden sollte, was das Leben der Literatur ausmacht. Und dazu gehört nun einmal das Leben selbst und das, was das Leben ausmacht, sprich: die Liebe und die Eifersucht.